Der Füllfederhalter eines Toten übermittelt eine unheilvolle Botschaft, für perfide Außerirdische erweist sich gewöhnliche Tinte als pures Gift, der Tod persönlich tauscht seine Sense gegen einen Füller, ein Weltkriegsveteran irgendwo in Russland hat schreckliche Schreibwerkzeuge zu verschenken ...

Spannende Unterhaltung und subtiler Horror mit Gänsehautgarantie.

Der Füllfederhalter des Grauens
Gruselgeschichten

Herausgegeben von
Jörg Sprave

Dr. Ronald Henss Verlag

Originalausgabe
September 2008

Dr. Ronald Henss Verlag
Sudstraße 2
66125 Saarbrücken
www.ronald-henss-verlag.de
verlag@ronald-henss-verlag.de

Umschlaggestaltung: Conny Sprave, Spravart, www.spravart.com

Druck und Bindung: Druckerei Pirrot
Trierer Straße 7
66125 Saarbrücken

1. Auflage
Printed in Germany
ISBN 978-3-939937-05-0

Inhalt

Vorwort des Herausgebers

Ein echter Füllfederhalter besitzt seinen ganz eigenen Reiz. Die schlanke Form, die edlen Materialien, die biegsame Goldfeder, die der Besitzer über Jahre hinweg persönlich einschreibt und so dem Schreibgerät seine individuelle Prägung gibt – das übt seit Generationen eine starke Faszination auf die Menschen aus.

Mit einem Füllfederhalter kann man ganze Bücher schreiben. Aber man kann auch eine einzige Unterschrift unter einen gedruckten Text setzen. Dann wird der Stift zum Werkzeug der Macht – per Füller kann ein Staat einem anderen den Krieg erklären, ein Richter unterzeichnet grausame Urteile mit einem Füllhalter, ein dem Tode geweihter Mensch unterschreibt beklommen seinen letzten Willen, Waffen- und Drogengelder in Milliardenhöhe werden durch eine einfache Signatur transferiert. Ein Füllfederhalter kann mit ein wenig Tinte unendliches Leid und sogar den Tod über Menschen bringen. Er kann mit einem einzigen Federstrich verurteilen, verdammen, vernichten.

Das macht ihn zu einem geeigneten Mittelpunkt einer Gruselgeschichte und somit zum Thema des vorliegenden Buches – vierzehn Autoren haben ihre ganz eigene Version des Horrors, den ein Füllfederhalter verbreiten kann, zu Papier gebracht.

Der Füllfederhalter eines Toten übermittelt eine unheilvolle Botschaft, für perfide Außerirdische erweist sich gewöhnliche Tinte als pures Gift, der Tod persönlich tauscht seine Sense gegen einen Füller, ein Weltkriegsveteran irgendwo in Russland hat schreckliche Schreibwerkzeuge zu verschenken ...

Die Geschichten dieses Buches bieten spannende Unterhaltung und subtilen Horror mit Gänsehautgarantie. Die Autoren wünschen angenehmes Gruseln.

Barbara Naziri

Nebelmond

Bremsen kreischen. Ein ohrenbetäubender Knall. Glas splittert. Etwas Dunkles wirbelt durch die Luft und bohrt sich in die feuchte Erde. Eine feine Rauchfahne steigt empor. Stille. Nur der Nebelmond wirft einen Blick auf das Geschehen. Sein Schein streift verstreut herumliegende Trümmer. Ein Lichtstrahl fällt auf einen tiefschwarz glänzenden Füllfederhalter, dessen Kappe jäh aufblitzt. Dann gewinnt die Finsternis Raum.

Grau ziehen Nebelschwaden über das Wendland und verdichten sich immer mehr. Nirgendwo ist eine Menschenseele zu sehen. Die Zeit scheint in dieser Nacht stillzustehen. Der Gedanke an Laura bereitet mir Unbehagen. Nie zuvor habe ich sie so zornig erlebt wie heute. Ihre haltlosen Anschuldigungen haben mich tief verletzt.

Die Sicht wird immer schlechter. Mühsam brennen die Nebelscheinwerfer zwei schwache Strahlen in die undurchdringliche Wattewand. Die Landschaft ist nur zu erahnen und gleitet an mir vorüber. Unheimlich wie die Schattenwelt. Es ist mir, als fahre ich durch eine ferne Galaxis. Dabei bin ich nur auf der Heimfahrt. Zurück an die Nordsee. Schemenhaft tauchen Bäume aus dem Nichts auf, schweben wie dunkle Geister an mir vorüber, als wären sie ihrer Wurzeln beraubt, um dann von der Finsternis wieder verschlungen zu werden. Ihre Zweige scheinen wie unzählige Arme nach mir zu greifen. Ich muss mich beherrschen, um das Gaspedal nicht durchzutreten. In mir ist ein Gefühl, als zöge mich jemand in ein bodenloses Loch. Ich schlucke, aber der Kloß in der Kehle will nicht weichen.

Ich umklammere das Lenkrad in meinen Händen. Die Innenflächen werden feucht und die Knöchel treten durch die Anspannung weiß hervor. Ich sehne mich nach Entspannung. Ach, eine kurze Pause täte jetzt gut! Auf einem der abgelegenen Rastplätze, die nicht mal beleuchtet sind? Wer weiß, was dort im Verborgenen auf mich lauert! Ich fühle mich ausgestoßen und wünsche mich zurück in die lebendige Welt, die sich irgendwo hinter diesen wallenden Schleiern verbirgt. Jeder Busch, jeder Stein dort draußen in der zähen Suppe scheint mir allein. Es ist, als halte alles Leben den Atem an. Unwillkürlich muss ich über meine Gedanken lächeln. So viel Schiss vor ein bisschen Nebel! Ich versuche mich zu entspannen, strecke meine Glieder hinter dem Lenkrad so gut es eben geht. Mitternacht ist längst vorüber. Müdigkeit und Kälte kriechen in mir hoch und ich schalte die Heizung höher.

Wie zwei grimmige Augen leuchten jäh die Rücklichter eines Wagens vor mir auf. Abrupt trete ich auf die Bremse. Ein Stau, der sich wie eine rotäugige Schlange durch die wabernde Dunkelheit zieht. Ich sende einen Stoßseufzer zum Himmel. Selten hat sich wohl jemand so über einen Stau gefreut wie ich. Endlich Gesellschaft! Ich schalte die Warnblinklichter an. Schrill dringen Sirenen durch die Nacht und grelles Blaulicht blendet meine müden Augen. Irgendwo da vorne hat es einen Unfall gegeben.

Wie in Zeitlupe wälzt sich die Autokolonne voran. Schritt für Schritt. Am Straßenrand steht ein mächtiger Baum, dessen Stamm stark beschädigt ist. Glassplitter glitzern im kalten Licht der Scheinwerfer. In Fetzen hängt die Rinde an der großen Baumwunde herunter. Auf dem Boden liegt eine verkrümmte Stoßstange. Dann bemerke ich den Wagen. Er ist nach dem Aufprall in den Straßengraben gestürzt. Dort liegt er – wie ein zerbrochenes Spielzeug. Seine Räder sind zum Himmel gerichtet. „Wie ein Maikäfer auf dem Rücken", schießt es mir durch den Kopf. Die Helfer, die im milchigen Licht mit der Rettung der Opfer beschäftigt sind, wirken gespenstisch. Ich wende mich ab. Mehr kann und will ich nicht erkennen.

Obwohl wir die Unfallstelle längst passiert haben, geht es noch eine Weile im Schritttempo weiter. Plötzlich klopft es an die Seitenscheibe. Mir stockt der Atem. Mein Puls rast. Eiskalt kriecht mir eine Gänsehaut über den Rücken. Ein Mann beugt sich zu mir herunter.

Ich blicke in ein erschöpftes Gesicht, hole tief Luft und kurbele das Fenster herunter.

„Nehmen Sie mich ein Stückchen mit?“, bittet er dringlich. „Mein Wagen hat einen Schaden.“

Ich betrachte den Fremden genauer. Seine Kleidung ist durchnässt, das Haar wirr und feucht. Er hat ein markantes Gesicht. Doch nun ist es leichenblass und sein Blick wirkt seltsam starr. In der Hand hält er einen Füllfederhalter, den er unruhig durch die schmalen Finger gleiten lässt.

„Warum nicht?“, sage ich und versuche, meiner Stimme einen ruhigen Klang zu geben. „Ich fahre nach Büsum.“

„Das ist meine Richtung.“ Der Fremde steigt ein, aber er nennt seinen Namen nicht und schaut stur geradeaus. Unablässig spielt er mit seinem Füllhalter, reibt die glänzende Oberfläche, als streichele er sie.

Ich schweige, weil ich nicht weiß, wie ich ein Gespräch beginnen soll. Seine Unnahbarkeit macht mich stumm. So betrachte ich den Füllhalter in seiner Hand. „Ein schönes Stück“, denke ich. „Gewiss ziemlich teuer.“ Der tiefschwarze Lack hat einen seltsamen bläulichen Glanz und zieht meinen Blick magisch an. Die silberne Kappe ist fein poliert und scheint von innen zu leuchten. Auf der Kuppe ist kunstvoll ein silberblauer Halbmond eingraviert. Der Schreiber ist wunderschön und ich möchte ihn besitzen. Als ich mir dessen bewusst werde, fühle ich eine tiefe Scham. Was ist in dieser seltsamen Nacht eigentlich mit mir los?

Endlich geht es weiter und die Kolonne setzt sich in Bewegung. Im Wagen ist es bitterkalt, obwohl die Heizung auf vollen Touren läuft. Seltsam. Es ist, als wolle der Nebel sogar in das Innere meines Autos kriechen.

„Möchten Sie eine Decke?“, frage ich den Fremden. „Es liegt eine auf der Rückbank. Sie sind ja ganz durchnässt.“

„Nein, das ist nicht nötig“, flüstert er. „Ich will einfach nach Hause.“

„Wo ist das?“, frage ich neugierig.

„Ich will ans Meer zurück, einen letzten Blick darauf werfen. Ich möchte spüren, wie der Wind mir Flügel gibt, mich davonträgt … Das Meer, dort ist mein Zuhause … dort möchte ich mich noch einmal vom Glück umarmen lassen."

„Das haben Sie wunderschön ausgedrückt", sage ich ergriffen. „Nur wer die Weite des Meeres und der nordischen Landschaft liebt, kann es so beschreiben."

„Bald bin ich zuhaus." Den Rest der Fahrt schweigt er.

Ich habe nicht das Bedürfnis, ihm eine Unterhaltung aufzudrängen und hänge meinen eigenen Gedanken nach. Die Sache mit Laura belastet mich.

Kurz vor Büsum bittet er mich zu halten und steigt aus. Ich höre das Meer rauschen, den wilden Klang der Wellen, die an den Strand schlagen. Durch das geöffnete Fenster treibt mir eine frische Brise salzige Luft ins Gesicht. Noch ist der Tag nicht angebrochen, aber die Nebel der Nacht lösen sich auf und am Horizont zeigt sich ein schmaler Lichtstreif. Der Mann schaut in die Ferne. „Ich bin am Meer", flüstert er und geht ohne sich noch einmal nach mir umzuwenden hinaus in die Morgendämmerung. Für eine Sekunde bin ich abgelenkt und blicke zum Himmel. Das Morgenrot kämpft gegen die dunklen Wolken der Nacht. Als ich noch einen Blick auf den Fremden werfen will, ist er im Zwielicht verschwunden. Mir ist ganz seltsam zumute. Ich bin irgendwie traurig über sein Verschwinden und zugleich auch froh.

Als ich zu Hause aus dem Wagen steigen will, bemerke ich den Füllfederhalter auf der Schmutzmatte und einen zerknüllten Zettel daneben. Der Fremde scheint ihn verloren zu haben. Auf dem Zettel steht nur der Name Lars Winter, und der ist fein durchgestrichen. Dahinter ein dicker roter Tintenklecks. Ich nehme den Füllhalter in die Hand. Wieder spüre ich dieses eigenartige Gefühl, das mich überkam, als der Fremde meinen Wagen verließ. Obwohl ich den Schreiber schon einige Zeit in der Hand halte, bleibt er kalt. Auch scheint die silberne Kuppe ihr Leuchten verloren zu haben. Seltsam. Im Auto hatte ich nur den eingravierten Mond wahrgenommen. Doch da gibt es noch eine ganze Reihe feiner Schriftzeichen, die sich um die Kappe ziehen. Aber ich bin jetzt zu müde, um noch genauer hinzuschauen. Ich gehe zu Bett, um noch ein paar Stündchen zu schlafen.

Am Vormittag trödele ich herum. Gut geschlafen habe ich nicht, und das Erlebte hat mich im Traum verfolgt. „Ich muss unbedingt mit Laura sprechen“, denke ich. „Ob der Fremde wohl gut zuhause angekommen ist?“ Da fällt mir der Füllhalter wieder ein und die geheimnisvollen Schriftzüge auf der Kappe. Aber er ist verschwunden. Ich hatte ihn doch auf den Esstisch gelegt. Wieso liegt er dort nicht mehr? Ist er runtergerollt? Ich bücke mich. Nein, er liegt auch nicht darunter. Eigenartig.

Ich gehe in die Küche, um mir einen Kaffee aufzusetzen. Der Morgen ist klar, als hätte es die Nebel der Nacht nie gegeben. Die Sonne scheint träge durch die Fensterscheiben. Ich schließe einen Moment die Augen, um Licht und Wärme zu empfangen. Dann schlage ich die Zeitung auf.

BEKANNTER SCHRIFTSTELLER TÖDLICH VERUNGLÜCKT!

Darunter ein Foto. Sein Gesicht! Die Nacht hat mich wieder eingeholt. Meine Augen fliegen über den Artikel. *Lars Winter, der bekannte Schriftsteller, kam heute Nacht aus unerklärlichen Gründen von der Landstraße ab. Sein Wagen überschlug sich mehrmals und stürzte die Böschung hinunter. Lars Winter war sofort tot.* Die Buchstaben verschwimmen vor meinen Augen und ein Schauer durchströmt meinen Körper. Ich höre noch, wie er sagte: „Bald bin ich zuhaus.“

Da fällt mein Blick auf den Füllhalter. Er liegt direkt vor mir auf dem Schreibblock. Mein Atem fliegt und eine Übelkeit steigt in mir hoch. Was hat das zu bedeuten? Werde ich verrückt? Der Stift ist aus einem seltsamen Metall gearbeitet und scheint je nach Lichteinfall seine Farbe zu verändern. Hat er in der Nacht noch bläulich geschimmert, so glänzt er bei Tageslicht schwarzrot. Blitzend spiegelt sich die Kappe in der Sonne. War sie gestern nicht silbern? Jetzt leuchtet sie golden! Ich greife nach dem Füllhalter. Er fühlt sich an wie Samt. In Gedanken sehe ich Lars Winter, wie er immer wieder diese Oberfläche streichelt. Mit zitternden Händen nehme ich eine Lupe aus der Schublade, um die Worte zu entziffern. Seltsam. Die Schrift windet sich spiralförmig um die Kappe und leuchtet umso intensiver, je mehr ich sie betrachte. Sie entwickelt ein Eigenleben. Die Worte ziehen an meinen Augen wie ein Fließtext vorüber. Ich kann mich nicht bewegen, nur lesen:

Die Nebel haben sich gelichtet,
und auf dich ist mein Blick gerichtet.
Wer du auch bist, wie du auch heißt,
einerlei sei's, gib auf den Geist,
denn du berührst verbotnes Gut,
dein Leben will ich zum Tribut,
mach dich bereit, bald bist du bleich
und kommst zu mir ins dunkle Reich!
REFIZUL

Der Füllfederhalter gleitet mir aus der Hand. Sacht sinkt er auf den Schreibblock. Rubinrote Tinte fließt auf das weiße Papier und formt sich wie von Geisterhand geschrieben zu Buchstaben.

D-A-R-I-A

Daria, das ist mein Vorname!

Ist das ein Albtraum? Dann will ich jetzt aufwachen. Bitte … Meine Hände ballen sich zu Fäusten. Kalter Schweiß bricht mir aus. Ich bin wie gelähmt und kann mich nicht bewegen. Das Grauen nimmt mir die Luft.

Der Füller schreibt weiter:

M-E-H-A-L-U-D*

Mehalud, mein Nachname!

Dann fließt ein Klecks heraus und eine feine Linie bewegt sich langsam auf meinen Namen zu.

* *Daria Mehalud ist ein Name, zugleich aber auch eine Wortspielerei für diese Geschichte und lautet wörtlich aus dem Persischen übersetzt: Nebelmeer.*

Thomas Sedlmeyr

Le stylo de la mort

Es ist der 1. September 1870. Um Sedan kommt es zu schweren Kämpfen zwischen der französischen Armee unter Führung des Kaisers Napoleon III. und den deutschen Heeresverbänden unter dem Oberbefehl Graf Moltkes.

Leutnant Lefort inspizierte die linke Flanke. Die Lage war schlimmer, als er gedacht hatte: Eine Mörserbatterie des Feindes hackte Loch um Loch in die Reihen der Infanterie. Lefort vermochte zu spüren, wie das Entsetzen dort mit jeder neuen Lücke wuchs. Wenn der Feind diese mörderische Feuerrate aufrecht erhielt, würde die Moral binnen kürzester Zeit brechen. Nur ein Kavallerieangriff konnte das feindliche Feuer eindämmen und die Männer im letzten Augenblick dem Klammergriff des Todes entreißen. Er musste dem General unverzüglich Bericht erstatten! Entschlossen riss er den Zügel herum. Sein treues Ross wieherte auf, Schaum troff aus seinem Maul. Zur Rechten explodierte eine Granate. Erdreich wurde in die Luft geschleudert und prasselte auf Ross und Reiter herab. Lefort fluchte laut. Einige Soldaten rannten mit aufgepflanztem Bajonett an ihm vorbei, es waren die Seinigen, trotz des dichten, beißenden Pulverdampfs erkannte er die Uniformen. Eine Salve ertönte, Schmerzensschreie, dann erneut das Donnern der Batterie. Er konnte nun fast nichts mehr sehen. Verzweifelt versuchte er die Schwaden zu durchdringen, schrie die Parole in den stinkenden Nebel. Verdammt, er musste den Kommandostand erreichen! Die linke Flanke, wie lange würde sie sich halten können? Wie lange hielt der Mut eines Mannes, dessen Kameraden neben ihm einer nach dem anderen in Stücke gerissen wurden?

Er musste sich ungefähr in der Mitte der Schlachtreihe befinden. Die Mündungen der Eisenrohre spuckten ihre tödliche Ladung im

Sekundentakt und das Knattern der Gewehrsalven wurde nur unterbrochen von den mächtigeren, dumpfen Explosionen der Kanonen. Endlich glaubte er den Hügel zu erkennen, als ihn ein Schlag fast aus dem Sattel hob. Die Kugel durchschlug seinen Hüftknochen, zerfetzte die Eingeweide. Schmerz setzte seinen Unterleib in Brand. In feurigen Wellen stieg er empor und presste ihm den Schweiß aus allen Poren. Lefort keuchte, seine Augen traten weit hervor. Dann sackte der schwere Körper des Leutnants im Sattel zusammen. Das Pferd schien ebenfalls getroffen. Es machte einen weiten Satz nach vorne und galoppierte blind drauflos. Mit letzter Kraft suchte der junge Soldat sich zu halten. Sein Stiefel tastete vergebens nach der Sattelschlaufe, seine Hand fuhr über den Kopf des Tieres, über nasse Haut und gespannte Sehnen, krallte sich in die Mähne. Er roch das Fell des Pferdes, spürte seine Wärme und seinen Pulsschlag.

Nach einer Weile wurde das Pferd langsamer und blieb schließlich ganz stehen. Müde hob Lefort den Kopf. Sie befanden sich an einer abgelegenen Stelle des Schlachtfeldes. Der Pulverdampf war hier weniger dicht, hing in kleinen Wolken über zerstapftem Gras und brennenden Büschen. Gierig sog der Leutnant die frische Luft in seine Lungen und versuchte sich aufzurichten. Ein stechender Schmerz warf ihn zurück. In hilfloser Wut über seinen zerschundenen Körper wollte er aufschreien, doch etwas hielt ihn zurück. Er war nicht alleine ...

Nur wenige Meter vor ihm, umgeben von wogenden Schwaden, saß eine Gestalt an einem kleinen hölzernen Pult. Sie trug eine schwarze Mönchskutte, das Gesicht war unter einer schweren Kapuze verborgen. Gebeugt über einen Stapel Pergament kritzelte das Männlein vor sich hin.

Der Leutnant keuchte. Überdeutlich vernahm er das Kratzen und Schaben des Federhalters. Es vermischte sich mit dem Schlag seines eigenen Herzens. Ließ ihm das Blut in den Adern gefrieren. Mit einem Mal stockte die dürre Hand, holte schwungvoll aus und bohrte den Federhalter zielsicher in einen Homunkulus, der als Tintenfass diente. Schmatzend saugte das Schreibgerät sich voll schwarzen

Blutes. Dann richtete es sich geradewegs auf den entsetzten Lefort. Ein Tropfen perlte von der Feder ab und zerfloss auf dem Pergament. Lefort schnappte nach Luft. Die Spitze des Federhalters schien zu wachsen, einer Speerspitze gleich zielte sie auf seine pochende Brust. Langsam schob sich die Kapuze des Schreibers nach hinten und gab den Blick frei auf bleich schimmernde Knochen.

„Leutnant Lefort?“ Die Stimme klang, als riebe man zwei Grabsteine aneinander.

Lefort nickte stumm.

„Lefort mit t?“

Ein weiteres ungläubiges Nicken. Flink wie eine Maus huschte der Federhalter über das Pergament. Der Leutnant warf einen hilfesuchenden Blick auf einen Trupp fliehender Soldaten.

Das Männlein schüttelte traurig den Kopf, wobei seine Augäpfel bedenklich hin und her rollten. „Sie können uns nicht sehen, du Dummerchen. Du bist seit eben tot, und ich bin ... Nein, ich will jetzt keine Possen reißen. Für die meisten kommt es doch überraschend, und der Tod ist schließlich ein bedeutender Moment im Leben.“ Das Männlein kicherte über seine Worte.

Lefort starrte ihn mit dumpfem Blick an und ließ seine Hand über das Schlachtfeld schweifen.

„Ja, eine Menge Arbeit. Du fragst dich wahrscheinlich, wie ich das alles bewältige. Nun, nach dem Leben hat die Zeit keine Bedeutung mehr. Leben ist begrenzte Zeit. Auf den Tod folgt die Ewigkeit. Endlose Zeit. Es handelt sich um zwei völlig getrennte Bereiche, weshalb sich auch kein Lebender die Ewigkeit vorstellen kann. Im Gegenzug fällt es mir schwer, mich in Belange des Lebens hineinzudenken. Was mir oft den Vorwurf der Herzlosigkeit einbringt. Hältst du mich für herzlos, Jungchen?“

Lefort blieb ihm die Antwort schuldig.

„Egal. Das wirst du alles bald selbst erfahren.“

Der Leutnant schwieg beharrlich und es entstand eine peinliche Stille. Das Männlein begann mit seinen Fingern ungeduldig auf dem Pult zu trommeln.

Nach einer Weile brach es das Schweigen. „Du vermisst die Sense, nicht wahr? Alle fragen sie nach der Sense.“ Das Männlein deutete auf einen nahen Hügel, der mit einer Batterie schwerer Kanonen bestückt war. „Glaubst du etwa, ich komme mit meiner Sense gegen so etwas an? Nein, so was Albernes ...“ Das Männlein kicherte. „Es wäre unangemessen, wenn ich heute noch als Bauersmann auftreten würde. Die Zeit der Bauern ist vorbei. In diesen Tagen gewinnt eine neue Kaste an Einfluss. Und das ist der Beamte.“ Es seufzte leise. „Jaja, in mancher Hinsicht muss auch der Tod mit der Zeit gehen. Symbolik verändert sich mit den Dingen. Heutzutage tötet man am effektivsten damit ...“ Stolz hob er seinen Federhalter empor. „Eine Unterschrift vermag Hunderttausende in den Tod zu schicken. Nun, ich mache es mir nicht so einfach wie die großen Staatsmänner und Generäle. Alles wird fein säuberlich notiert. Ordnung muss sein. Jeder Name kommt auf ein Stück Pergament. Mit Hilfe dieses Instrumentes wird ein Schicksal besiegelt. All diese Mären von Fäden, Kerzen und dergleichen. Humbug.“ Das Männlein erhob sich ächzend. Ein dutzendfaches Knacken begleitete seine Bewegung. „Die neue Arbeitsweise birgt leider ihre ganz eigenen Belastungen. Früher, ja, da war ich ganz anders in Form.“ Wie um seine Worte zu bestätigen, schwenkte er seinen Torso einige Male hin und her.

Der Homunkulus flatterte auf und ließ sich krächzend auf der Schulter des Todes nieder. Dieser klemmte sich seinen Pergamentstapel unter den Arm, nahm Lefort an der Hand und führte ihn fort.

Zurück blieb der Federhalter, vergessen auf dem blutgetränkten Boden des Schlachtfelds. Eine Kompanie Husaren ritt, eine Abteilung Füsiliere marschierte, die Zeit strich über ihn hinweg. Und dort ruht er noch, bis zu jenem verfluchten Tag, an dem ein unwissender Narr ihn der schützenden Umarmung der Erde entreißen wird.

Es war der 1. September 1870. Napoleon III. verlor eine Schlacht, seine Freiheit und den Krieg. Leutnant Lefort verlor sein Leben. Der Tod aber verlor seinen Füllfederhalter. Was weiter nicht tragisch war, denn bald darauf kam die erste Schreibmaschine auf den Markt.

Nicole Dallinger

Bis in alle Ewigkeit

Die düsteren Mythen und Legenden um seinen Heimatort übten bereits in der Zeit, als er noch ein kleiner Junge war, eine große Faszination auf Lukas aus. Vor allem die Geheimnisse um den mysteriösen Füllfederhalter zogen ihn in ihren Bann. Gar manchem soll der Füller Wunscherfüllung, Reichtum und Segen gebracht haben, bevor er ihn ins Verderben stürzte. Diese Geschichten wurden beinahe totgeschwiegen. Nur selten hörte man jemanden davon reden, flüsternd hinter vorgehaltener Hand, oder wenn ein Gläschen zu viel getrunken wurde. Jeder glaubte jemanden zu kennen, der wieder jemanden kannte, der Erlebnisse mit dem rätselhaften Schreibwerkzeug zu erzählen vermochte oder es gar in seinem Besitz hatte.

An besonderen Tagen, wenn Lukas innig darum bat, ließ sein Großvater ihn an den Legenden teilhaben. Stets flüsterte der Großvater und riss während des Erzählens die Augen so weit auf, dass man denken konnte, er habe Angst, wenn das Wort „Füllfederhalter" über seine Lippen kam. „Das rabenschwarze Schreibwerkzeug mit den geheimnisvollen goldenen Zeichen, die bis heute niemand zu deuten vermag, ist das Werkzeug des Leibhaftigen. Und wer diesem Werkzeug auch nur einmal verfällt, opfert seine Seele dem Teufel." Sobald er die Geschichten beendet hatte, fügte er jedes Mal hinzu: „Hüte dich, mein Junge, jemals den Füller zu begehren, hüte dich!", wobei er Lukas eindringlich, fast drohend in die Augen schaute. Dann pflegte er den Zeigefinger auf seine Lippen zu legen, während er den Blick still zu Boden senkte.

In seinen Kindestagen schrieb Lukas alle Geschichten nieder, die sein Großvater über den Füllfederhalter erzählte. In der alten Dorfbücherei neben der Kirche lieh er Bücher aus, in denen er vereinzelt Hinweise über den Füllhalter fand, die er ebenfalls niederschrieb und aufbewahrte.

Viele Jahre waren seither vergangen und Lukas zählte inzwischen fünfundzwanzig Lenze. Er war zu einem schlaksigen Burschen herangewachsen. Im Dorf ließ er sich nur selten blicken, weshalb er als Eigenbrödler abgestempelt wurde. Sein Gang war mühsam und sein Rücken gekrümmt wie ein alter Stock. Sein Haupt hielt er gesenkt und niemals drehte er es zur Seite. Das fahlblonde, schüttere Haar hing ihm tief in die Stirn, so dass man seine Augen und das eingefallene Gesicht kaum erkennen konnte.

Tief in seinem Herzen trug er einen Wunsch, dessen Erfüllung ihm alles bedeutete. Er hatte sich in die schöne Bäckerstochter Elena verliebt. Sie hatte ein reines Gemüt und sie war ein Abbild göttlicher Vollkommenheit, dessen er sich nicht würdig fand. Noch nie hatte er in ihrer Gegenwart ein Wort über seine Lippen gebracht. Doch begehrte er sie so sehr, dass er alles in seiner Macht stehende tun würde, um ihre Gunst zu erlangen. In seiner Not fielen ihm die Legenden um den mythenumwobenen Füllfederhalter wieder ein. Er musste das Teufelsgerät in seinen Besitz bringen, damit er sich seinen Herzenswunsch erfüllen konnte.

Also machte er sich auf den Weg, um alle Legenden zusammenzusuchen, die er damals als Junge gesammelt hatte. Vielleicht fand er heute einen Zusammenhang, vielleicht konnte er etwas über den Verbleib des Füllers herausfinden. Die alten Schriften mussten noch auf dem Dachboden seines Elternhauses zwischen seinen Schulbüchern liegen. Voller Hoffnung stieg er die wacklige Holzstiege hinauf. Wie viele Jahre mochte es her sein, dass jemand den Dachboden des uralten, halbverfallenen Bauernhauses betreten hatte? Es roch muffig und überall hingen dichte Spinnweben von den Balken. Jeder Schritt hinterließ eine Spur im Staub des Bodens. Er ging auf den Bauernkasten zu, in dem die Schachtel mit seinen Schulsachen aufbewahrt war. Vorsichtig ließ er sich auf den brüchigen Holzsessel neben dem Kasten nieder und öffnete die Schachtel.

Gierig las er in seinen alten Vermerken. Seine Hände zitterten, während er Blatt für Blatt wieder und wieder durchlas. Je genauer er die Geschichten miteinander verglich, umso deutlicher spürte er, dass sein Großvater sie am eigenen Leibe erlebt hatte. Zu vieles aus dessen vergangenem Leben stimmte mit diesen Schriften überein.

Lukas' Lippen bebten, während er Zeile für Zeile vor sich hin las.

„... Leopold galt über die Grenzen hinaus als unbesiegbar. Der kräftig gebaute, blutrünstige Bursche mit den langen, zotteligen Haaren, welche Teile seines hässlich vernarbten Gesichtes bedeckten, war wegen seines Jähzorns allseits gefürchtet. Schlägereien endeten stets zu seinen Gunsten. Er war derjenige, der die Kämpfe herausforderte. Und gar manchen hat er in seinem Zorn getötet. Die Dorfbevölkerung lebte in Angst und Schrecken, wenn er sich blicken ließ.

Eines Tages taten sich die verzweifelten Dorfbewohner zusammen um zu beraten, wie sie Leopold loswerden könnten. Sie wussten sich nicht mehr anders zu helfen. Er brachte stets Unheil über das Dorf und seine Bewohner. Also überlegten sie lange hin und her, und so wahr der Allmächtige wollte, beschlossen sie einen Wettkampf auszuschreiben. Es wurde eine Belohnung von zehn Goldtalern für denjenigen ausgesetzt, der den Tyrannen für immer besiegte.

Die Tage und Nächte verstrichen und endlich war es so weit, der große Tag war gekommen. Die Sonne lachte vom Himmel, als wollte sie Wärme in die erkalteten Gemüter der Dörfler einhauchen. Der Dorfplatz war umsäumt von einer riesigen Menschenmenge – Menschen, die voller Hoffnung waren, dass hier und heute dem Schrecken ein Ende gesetzt würde. Junge mutige Männer, darunter auch Fremde, hatten sich eingefunden, um gegen den Unbesiegbaren anzutreten.

Die Zuschauer tobten, als die Kirchenglocken geläutet wurden und der Wettkampf begann. Leopolds breites Gesicht verzog sich bei jedem Angriff zu einer furchterregenden Grimasse, die seine riesigen, angefaulten Zähne entblößte, bevor er mit voller Wucht auf die armen Burschen einprügelte, bis diese sich nicht mehr rührten. Nach jedem Sieg erwuchsen dem Tyrannen neue, noch fürchterlichere Kräfte. Für ihn war dieser Wettkampf eine helle Freude, gab es doch für ihn nichts Schöneres, als Blut zu vergießen. Schon bald verstummten die Anfeuerungsschreie und ein Stöhnen zog durch die Menge.

Als Letzter war ein schmächtiger, junger Bursche an der Reihe. Niemand räumte ihm eine Chance ein. Doch das Unfassbare geschah. Nach Leopolds erstem Fausthieb sackte der Junge nicht zu Boden, sondern er holte aus und schlug mit voller Kraft zurück. Seine Fäuste gruben sich in Leopolds Leib und seine Füße traten mit Gewalt gegen die Beine. Wie von einer Himmelskeule getroffen fiel der Hüne zu Boden und blieb liegen wie ein schwerer Sack. Es sollte der letzte Kampf des Tyrannen sein. Der Bursche ließ erst ab, als Leopold kein Lebenszeichen mehr von sich gab.

Da verwandelte sich der Himmel in ein Teufelsgestüt. Sturmwinde jagten dunkle Wolken, die in Sekundenschnelle ihre Gestalt änderten, vor die Sonne. Der Donner grollte, als würde der Leibhaftige die Pforten zur Hölle öffnen. Faustgroße Hagelkörner prasselten auf die Menschenmenge nieder. Fassungslos stob die Meute in alle Richtungen auseinander. Die schwarze Wolke, die die Sonne verdeckte, verwandelte sich in die Gestalt des Leibhaftigen. Die Spitzen seiner mächtigen Hörner drohten Ritze in die Himmelsdecke zu kratzen. Sein Gesicht verzerrte sich zu einer furchterregenden Fratze. Entsetzt jagten die letzten, die in der Nähe des Dorfplatzes Unterschlupf gefunden hatten, davon. Der Sturm ebbte ab. Ein ohrenbetäubender Donner erschallte. Die Teufelswolke löste sich auf und gab die strahlende Sonne wieder frei.

Noch viele Jahre später wurde weit über die Grenzen des Dorfes hinaus von den unheimlichen Begebenheiten erzählt. Es wurde gemunkelt, der tapfere Herausforderer sei im Besitz des geheimnisumwobenen Füllfederhalters gewesen und nur dessen magische Kräfte hätten den Sieg über den Tyrannen Leopold ermöglicht.

Als Belohnung wurden dem Sieger die wohlverdienten Goldtaler überreicht. Doch im Moment, als er die Belohnung in Empfang nahm, zeichnete sich in seinem Angesicht eine sichelförmige Narbe ab, die ihn fortan an seinen Sieg erinnern sollte …“

Beim Lesen des letzten Satzes blieb Lukas der Atem im Halse stecken. Ein eiskalter Schauer lief ihm über den Rücken. Überdeutlich sah er die sichelförmige Narbe, die sich wie eine geheimnisvolle Schatzkarte über Großvaters rechte Gesichtshälfte ausbreitete. Aber warum hatte er den Zusammenhang der Legenden mit seinem Großvater nicht schon als Junge entdeckt? Hatte er diesen wirklich niemals bemerkt oder hatte er es damals nicht wahrhaben wollen?

Der Füllfederhalter musste in Großvaters Besitz gewesen sein! War es die pure Angst vor der Hölle, die seine Augen so weit aufriss, wenn er dem Jungen die Geschichten erzählte? Lukas wischte sich den Schweiß von der Stirn. Sein Herz pochte bis zum Hals. Er erinnerte sich an den Tod seines Großvaters. Angeblich war es ein Herzversagen; sein Tod wurde aber vom Arzt nicht weiter untersucht. Großmutter hatte ihn am Boden liegend in der Küche gefunden, die Augen weit aufgerissen und der Mund schmerzverzerrt, so als hätte er vor seinem Tod noch den Leibhaftigen persönlich erblickt.

Wo aber befand sich der Füllfederhalter jetzt? Wahrscheinlich hatte Großvater ihn an einem Ort versteckt, den kein Mensch je finden würde. Und dennoch spürte Lukas, dass er nahe dran war. Fieberhaft durchkämmte er die Unterlagen wieder und wieder. Es musste ein Hinweis über den Verbleib des Füllers zu finden sein.

Schließlich stieß er auf ein Gedicht seines Großvaters, kaum noch lesbar, auf ein vergilbtes Blatt gekritzelt. Nur mühsam konnte er die verblichenen Buchstaben entziffern:

Einst von schöpferischer Kraft erschaffen,
von den Mächten der Finsternis gestohlen,
den Weg in die ewige Verdammnis geschaffen,
hinter die Pforte des Leibhaftigen befohlen.

Von unendlicher Macht umgeben,
mit reinem Blut besiegelt,
jeglicher Wunscherfüllung erlegen,
das dunkle Geheimnis versiegelt.

Die Quelle des Glücks genossen,
von nächtlichen Albträumen geplagt,
Perlen kalten Schweißes vergossen,
im Grabe das Unheil eingesargt.

„Im Grabe das Unheil eingesargt“ – das musste der Schlüssel zu des Rätsels Lösung sein! Großvater hatte den Füller ins Grab mitgenommen!

Mit Laterne und Spaten ausgerüstet machte Lukas sich in der Nacht auf den Weg zum Dorffriedhof. Wie ein Nebelschleier stieg sein heißer Atem in die raue Kälte auf. Die Luft roch feucht und der Vollmond hoch über den Friedhofsmauern warf gespenstische Schatten über die Grabstätten. Es war eine unheimliche, weite Stille, die ihn erschauern ließ. Als er vor seines Großvaters Grab zum ersten Spatenstich ansetzte, stob eine Schar Krähen in die Lüfte. Vor Schreck fiel ihm die Schaufel aus der Hand. Doch dann sah er Elenas Antlitz so wirklich vor sich, dass sich seine Zweifel und Ängste im nächtlichen Nebel auflösten. Sein Kopf, sein Herz, sein ganzer Leib kannten nur noch ein Ziel: in den Besitz des magischen Füllerfederhalters zu gelangen und endlich das Weib seines Begehrens in den Armen zu halten, sie zu fühlen, zu spüren, zu riechen. Die Schweißperlen auf seinem Angesicht glitzerten im Mondenschein, während er Erdhaufen um Erdhaufen aushob und einen düsteren Hügel Graberde neben sich emporwachsen ließ. Und dann erblickte er ihn im fahlen Mondlicht – dort lag er völlig unversehrt neben den sterblichen Überresten seines Großvaters: der legendenumwobene Füller.

Voller Ehrfurcht betrachtete Lukas den Füllfederhalter im Schein des offenen Feuers: schwarz wie die Nacht, mit geheimnisvollen goldenen Zeichen, in denen sich die leuchtend roten Flammen widerspiegelten. Er wusste um die Macht und um die Gefahren, die in dem Schreibwerkzeug steckten. Sein Wunsch würde nun endlich Erfüllung finden, koste es auch sein Blut, seine Seele. Alles um ihn verschwamm, er fühlte nur noch eine tiefe innere Zufriedenheit, die selbst die eisige Kälte der Nacht erwärmte.

Noch in derselben Nacht vollzog Lukas am Lagerfeuer sein Ritual. In großen Lettern schrieb er mit zittriger Hand seinen Wunsch auf ein Pergament:

ICH ERWÜNSCHE DIE AUFRICHTIGE GUNST UND LIEBE VON ELENA
– BIS IN ALLE EWIGKEIT

Er begutachtete seine mit eigenem Blut geschriebenen Worte noch einmal, dann warf er den Zettel in die Flammen.

Plötzlich stoben Funken, das Feuer loderte empor. Erschrocken sprang Lukas zurück und verfolgte das Geschehen mit entsetztem Blick. Die Flammen nahmen die Gestalt riesiger Hände an, die nach ihm zu greifen schienen. Inmitten des Infernos erkannte er die Umrisse Elenas. Ihr goldblond gelocktes Haar, das wie ein wilder Wasserfall über ihre Schulter herabfiel, umspülte ihre Taille. Ein sanftes Lächeln lag auf ihrem Antlitz. Im Moment, da er seine Arme nach ihr ausstreckte, verwandelte sich Elenas Angesicht in die grauenhafte Fratze des Leibhaftigen, dessen höllisches Lachen in Lukas' Ohren dröhnte. Gestank von Schwefel stieg ihm in die Nase und betäubte seine Sinne.

Durchnässt und zitternd vor Kälte erwachte er am Morgen. Die Kirchenglocken schlugen 6 Uhr. Das Feuer war bis auf die letzte Asche niedergebrannt, das Pergament mit dem blutgeschriebenen Wunsch für alle Zeiten vernichtet. Benommen rieb er sich die Augen. Dann sprang er auf, packte den Füllfederhalter in seine Jackentasche und machte sich auf den Heimweg.

Da sein Magen knurrte, beschloss er, sich beim Bäcker eine Semmel zu kaufen. Anders als sonst stand heute nicht der Bäckermeister selbst, sondern die schöne Elena hinter der Theke. Sie begrüßte ihn so herzlich, dass ihm warm ums Herz wurde. Nie zuvor hatte Lukas den Mut gefunden, mit dem anmutigen Geschöpf zu sprechen, doch nun führten beide ein unbeschwertes, erheiterndes Gespräch und beide spürten eine tiefe Verbundenheit. Das war der Anfang ihrer großen Liebe.

Wie Lukas später erfuhr, hatte Elena in der vorangegangenen Nacht einen schrecklichen Albtraum gehabt. Sie stand auf einer Klippe und blickte in die dunkle Tiefe. Ein dichter, schwarzer Wolkenvorhang bedeckte den Himmel, aus dem mächtige Blitze in den Abgrund der Hölle fuhren. Die flammenden Arme des Leibhaftigen winkten ihr aus dem Fegefeuer zu und forderten sie auf zu springen, um sich von ihren Höllenqualen zu erlösen. In dem Moment, wo sie zum Sprung ausholte, wurde sie mit voller Kraft nach hinten gerissen und ihr schwanden die Sinne. Als sie wieder zu sich kam, blickte sie tief in die blauen Augen von Lukas und sie wusste, sie war angekommen im Paradies, der Quelle allen Ursprungs. Elena glaubte an Träume und an Zeichen. Als dann Lukas am drauf folgenden Morgen in der Bäckerei ihres Vaters erschien und sie in seine Augen sah, wusste sie, dass es um sie geschehen war. Das Schicksal hatte ihre Wege zusammengeführt.

So kam es, dass die beiden ein glückliches und bescheidenes Leben miteinander führten. Elena brachte zwei kerngesunde Söhne zur Welt. Lukas war dankbar für das wunderbare Vermächtnis der Liebe. Er hütete sich jedoch mehr als zuvor, das Geheimnis des Füllfederhalters zu erwähnen. Niemand sollte je erfahren, wie er zu seinem Glück gekommen war. Er hätte die magischen Kräfte des Federhalters benützen können, um ein gehobenes, wohlhabendes Leben mit seiner Familie zu führen, doch er wollte ihn vergessen. Er war bescheiden und das Glück mit seinen Lieben war ihm reichlich genug.

Doch das Vergessen blieb ihm verwehrt. Des Nachts wurde er von Albträumen heimgesucht, in denen ihm die höhnische Fratze des Leibhaftigen erschien und ihn zu sich winkte. Tagsüber vermied er so gut es ging jede Art von Feuer, da ihn das höhnische Grinsen des Teufels sogar in der kleinsten Kerzenflamme verfolgte.

Elena hatte sich mit den Jahren daran gewöhnt, dass ihr gemeinsames Glück von Lukas' dunklem Geheimnis überschattet wurde.

Sie wusste, dass er sein Schweigen niemals brechen würde und ertrug seine nächtliche Pein aus tiefer, inniger Liebe.

Eines Abends beschloss Lukas den Füllhalter zu vernichten, um den Fluch zu brechen, der ewigen Verdammnis zu entrinnen und den Albträumen ein Ende zu setzen. Morgen früh wäre der richtige Zeitpunkt, denn Elena würde mit den Söhnen auf den Markt gehen. In allen Einzelheiten malte er sich die Zerstörung des Schreibwerkzeuges aus und sank mit einem zufriedenen Lächeln in den Schlaf. Da erschien ihm der Leibhaftige, umzingelt von einem stechenden Flammenmeer, und schwor, Lukas und seine Lieben für das frevelhafte Vorhaben büßen zu lassen. Die Fratze löste sich in Nichts auf, doch Lukas konnte immer noch die höllische Hitze in seinem Gesicht spüren. Als er aufwachte, schweißgebadet und von Rauch und Schwefelgestank benommen, stand das Schlafgemach lichterloh in Flammen. Alles brannte! Er wollte schreien, doch sein Mund war trocken und stumm. Er wollte aufspringen, doch sein schweißgetränkter Leib schien in den Nachtgewändern festzukleben. In letzter Sekunde konnte er sich aus der Starre lösen. Er riss Elena und die Knaben aus dem Schlaf und brachte sie in Sicherheit. Es gelang ihm, die Flammen zu löschen, bevor das Feuer auf die anderen Gemächer übergreifen konnte. Doch das Schlafgemach brannte völlig nieder. Das Einzige, was er unversehrt bergen konnte, war der Füllfederhalter, den er in einem Geheimfach seines Nachtkästchens aufbewahrt hatte.

Lukas, Elena und die Söhne waren noch einmal davongekommen. Aber für Lukas war dies eine Lehre. Fortan verschwendete er keinen Gedanken mehr daran, den Füllfederhalter zu vernichten. Und er gestand sich ein, dass er den Vertrag mit dem Teufel niemals brechen könnte. Er wusste, dass dieser sich eines Tages seiner Seele bedienen würde.

Die Jahre vergingen und dann war es so weit, die Zeit war gekommen. Der Leibhaftige erschien ihm abermals im nächtlichen Traum und verkündete: „Wenn im Morgengrauen der erste Hahnenschrei ertönt, bleiben dir noch genau 6 Wochen, 6 Tage und 6 Stunden, bis ich dich zu mir holen werde.“ Von jener Stunde an sann Lukas über ein todsicheres Versteck für den Füllfederhalter. Kein lebendiges Wesen sollte ihn nach seinem Tod jemals in die Hände bekommen, kein Sterblicher den magischen Kräften verfallen und keine Seele zum ewigen Unterpfand des Leibhaftigen werden.

Es ist ihm wohl noch vor seinem Abgang in die Hölle gelungen, ein sicheres Versteck zu finden, denn bis zum heutigen Tag hat man nichts über den Verbleib des unheilvollen Füllfederhalters gehört.

Elenas Liebe wird Lukas erhalten bleiben, auch im Höllenfeuer, für immer und ewig. So lautete sein Wunsch – BIS IN ALLE EWIGKEIT.

Santyana

Sex und schlechte Gedichte

Dunkelheit um mich herum. Ich fühle mich benommen und weiß nicht, wie ich hierher gekommen bin. Kalte Finger betatschen mich. Es fühlt sich an, als würde ein Tintenfisch seine Saugnäpfe um mich schlingen. Ekelhaft! Diese Finger gleiten über meinen Körper. Hoch und runter. Gierig befummeln sie mich. Ich kann mich nicht wehren. Ich bin gelähmt! Nicht einmal schreien kann ich. Es ist wie ein Albtraum, nur viel schlimmer: Es ist Realität.

„Und Sie sagen, dieser Füller hat ursprünglich einem Nazi gehört? Wie war noch mal sein Name?“ Fragend blickte der gutangezogene junge Mann zu dem Alten hinter dem Verkaufstisch.

„Stefan König. Er hieß Stefan König. Fast genauso wie dieser Schriftsteller.“ Er stieß ein böses und unangenehmes Lachen aus, das seine Lungen zum Rasseln brachte. „Du weißt schon. Dieser Ami, der Horrorgeschichten schreibt. Stephen King. Passt wie die Faust aufs Auge, wenn du mich fragst!“

Jürgen sah den ungepflegten alten Händler an und fand, dass dieser eigentlich auch ganz ausgezeichnet in einen Stephen-King-Roman gepasst hätte. Die schiefen gelben Zähne, die dünnen, an den Kopf geklatschten fettigen Haare, die eingefallenen unrasierten Wangen machten ihn nicht gerade zu einer vertrauenswürdigen Erscheinung. Eigentlich machte ihn sein Äußeres zu einem hervorragenden Kandidaten für einen Serienkiller.

„Ja, genau. König ...“, murmelte er nur rasch. Besser, sich den Typen nicht zu genau anzusehen.

Der Verkäufer nahm ihm den außergewöhnlichen Füllhalter aus der Hand und legte ihn behutsam in die Aufbewahrungsbox zurück.

„Na ja, dieser König war ein ganz scharfer Hund, aber mehr hinter den Kulissen. War irgend so ein hohes Tier in der Propagandamaschinerie der Nazis. Schrieb einige aufrührerische Reden für die oberste Nazi-Riege. Aber vor allem hat er sich einen Namen mit dem Verfassen von Gerüchten der übelsten Sorte gemacht. Ich hab sogar noch irgendwo ein paar Zeitungsartikel aus dieser Zeit. Da wird ganz offen und menschenverachtend über Schwule, Kommunisten und Juden gehetzt. Der Typ war auf seinem Gebiet das, was Joseph Mengele in Auschwitz war. Aber offensichtlich wird es immer Leute geben, die glauben, dass das, was die Nazis taten, richtig war. Ich hab jedenfalls schon so manch gutes Angebot für diesen Füller bekommen. Größtenteils von irgendwelchen amerikanischen Spinnern, die Gegenstände von Nazigrößen sammeln."

„Ach, ehrlich?", fragte der junge Mann höflich nach. „So was gibt es?"

„Es gibt nichts, was es nicht gibt", sagte der Verkäufer. „Denn was ich dir noch gar nicht gesagt hab, ist nämlich, dass es das Gerücht gibt, dass König diesen Füller von Hitler persönlich geschenkt bekommen hat. Ob das stimmt oder nicht, wer kann das schon sagen? Aber dieses Gerücht belebt mein Geschäft."

„Und warum haben Sie das Ding noch nicht verkauft? Mit dieser Geschichte können Sie doch bestimmt einen guten Preis verlangen."

Der Händler beugte sich vor und winkte den jungen Mann näher zu sich heran.

„Ich sag dir warum", raunte ihm der dürre Alte zu. „Ich hab bisher noch nicht den richtigen Käufer gefunden."

„Nun, das war eine interessante Geschichte, Herr …?"

„Goldblum", sagte der alte Mann.

Jürgen hob überrascht eine Augenbraue.

„Ja", der alte Mann nickte und zog den Ärmel vom Unterarm hoch. „Ich hab's nicht nur ins KZ geschafft … sondern auch hinaus."

Jürgen Dombrowski blickte auf eine alte eintätowierte Nummer. „D-d-das tut mir sehr leid", stotterte er und sah den alten Mann nun mit gänzlich anderen Augen. Wer konnte sich schon das Grauen vorstellen, das er erlebt hatte? Wer konnte sich vorstellen, welche Albträume ihn in der Nacht aufschrecken ließen?

Einem inneren Impuls folgend streckte er eine Hand aus und sah sein Gegenüber ernst an. „Das tut mir wirklich leid, Herr Goldblum. Sehr leid."

Goldblum nickte. Für einen Moment glänzten seinen Augen feucht. Dann griff er nach Jürgens Hand und schüttelte sie.

„Schon gut, Junge. Das, was damals geschehen ist, ist für die meisten heute nur noch Geschichte. Für mich aber sind es meine allnächtlichen Albträume. Daran kannst weder du noch ich etwas ändern. Aber ich glaube, dass du der Richtige für diesen Füller bist. Ich möchte ihn dir schenken."

Jürgen zuckte zurück. „Oh nein, Sir. Das kann ich nicht annehmen."

Das Sir schlüpfte ihm schneller über die Lippen, als er darüber nachdenken konnte. Doch irgendwie erschien es ihm angemessen, einem Überlebenden des Holocausts Hochachtung entgegenzubringen.

„Doch, doch", sagte der alte Mann bestimmt und drückte ihm das Kästchen mit dem wertvollen Inhalt in die Hand. „Nimm ihn. Du bist der Richtige für diesen Füller, ich kann es fühlen. Du bist schwul, nicht wahr?"

Jürgen hatte nie einen Hehl aus seiner sexuellen Orientierung gemacht. Außerdem wusste er, dass ihn schon seine extravagante Kleidung verriet. Daher nickte er nur.

„Das ist schön, mein Junge. Sehr schön. Du musst mir nur eins versprechen, Sohn."

„Ja?"

„Schreibe immer nur schöne Dinge mit diesem Füller. Schreibe Liebesbriefe, Liebesromane, Gedichte oder was dir sonst noch einfällt. Hauptsache, es ist was Schönes."

Jürgen blickte auf die Aufbewahrungsbox in seiner Hand. Der edle Füllfederhalter lag unschuldig auf dunkelblauem Samt und wusste nichts davon, wem er damals gehört hatte. Er wusste nichts von den furchtbaren Dingen, die er einstmals niederschreiben musste. Dieses wunderschöne Werkzeug war nur ein unschuldiges Opfer einer wahnsinnig gewordenen Zeit. Seine Hände würden es wieder den schönen Künsten zurückführen.

„Ja, das will ich gerne tun", versprach Jürgen Dombrowski. Er lächelte den alten Mann herzlich an und verließ den Laden. In zehn Minuten fuhr sein Zug.

Joshua Goldblum schloss den Laden ab und ging in den Keller. Er war froh, dass er den Füllfederhalter des Stefan König dem jungen Schwulen gegeben hatte. Dessen Phantasie würden dem Schreibwerkzeug sicherlich wundervoll schwülstige Liebesgedichte entreißen. Ganz bestimmt lutschte der junge Mann auch dann und wann mal gedankenverloren am Füller.

Goldblum lächelte. Er erinnerte sich besonders gut an die Hetzschriften des Herrn König gegen Homosexuelle. Dann blickte er auf eines der vielen Einmachgläser, das in den langen Regalen des Kellers stand. Ein verzerrtes Gesicht schien ihn von dort heraus anzustarren.

„Königs Füller hat einen neuen Besitzer gefunden", sagte er in Richtung des Glases. „Von dir habe ich noch keinen brauchbaren Gegenstand gefunden. Aber du …"

Er griff nach dem daneben stehenden Glas. Auch aus diesem schien ihm ein verzerrtes Gesicht entgegenzublicken.

„Ja. Ich erinnere mich an dich. Du warst die Wärterin von Block 58 C in Ravensbrück. Meine Frau war in Ravensbrück. Auch für dich hab ich mir etwas Schönes einfallen lassen. Es wird dich entsetzen, und es wird eine Ewigkeit andauern."

Goldblum nahm das Glas und stellte es in die Mitte des auf den Boden gezeichneten Drudenfußes. Dann ging er zum Stehpult am anderen Ende des Kellers, auf dem ein aufgeschlagenes Buch lag. Er legte sich eine schwarze Robe um und eine weinrote Stola darüber. Uralte Schriftzeichen waren auf ihr eingestickt. Dann zündete er drei große Kerzen an.

„Kedosh Yisrael!

Elah Avahati. Elah Elahin.

Elohay Mishpat!
Hier stehe ich und fordere Gerechtigkeit."

Wo bin ich nur? Es ist immer noch dunkel. Jemand fasst mich an und dann rieche ich ... Rasierwasser? Wieder gleiten diese Finger über mich hinweg. Es wird hell. Gott, es ist viel zu hell! Ich starre auf eine weiße Fläche, die die gesamte Welt auszufüllen scheint. Und auf einmal sind diese Gedanken in mir. Es sind gar nicht meine eigenen Gedanken, doch sie füllen meinen Kopf, und ich kann ihnen nicht entkommen. Es sind schreckliche Gedanken. Widernatürliche, ekelhafte Gedanken! Etwas in mir denkt an Unzucht mit Männern. Wie ich mich über sie beuge und ... oh, NEIN ... ich will so etwas nicht denken! Das ist so widerlich!

Und was ist das? Eine blaue Spur erscheint auf der großen weißen Fläche. Sie schreibt in großen Buchstaben das auf, was gerade in meinem Kopf ist. Und jetzt ... oh, nein, nicht schon wieder ... nein, bitte nicht, das ist ja so widerlich! Nicht noch mehr Unzucht mit Männern! Und ... uh, nein ... bitte nicht ... bitte nicht auch noch schlechte Liebesgedichte an Männer verfassen.

Was ist das? Etwas ... etwas Warmes umschließt mich. Es hat seinem Mund an meinem Hintern und lutscht an mir! Ich fühle die Zunge und dann ... oh, Gott, nicht schon wieder, bitte nicht ... schlechte Gedichte ... und ... oh, nein ... nicht ... noch mehr ... Unzucht mit Männern! Das muss die Hölle sein ...

Jürgen war Hobbyautor. Er führte ein Tagebuch, schrieb Prosa und manchmal ließ er sich zu gefühlvollen kurzen Essays hinreißen. Doch am liebsten schrieb er Liebesbriefe und Liebesgedichte. Von denen schrieb er eine Menge. Denn er hatte ein tiefes und reiches Gefühlsleben, dem er Ausdruck verleihen wollte.

Dass seine Prosa eigentlich recht einfach gestrickt war, störte ihn nicht. Er liebte es einfach, mit diesem wunderschönen Füllfederhalter die Seiten seines Tagebuchs zu füllen. Ganz besonders liebte er es, detailliert auf sein Sexualleben einzugehen und sich Geschichten auszudenken, in denen er Sachen machte, für die er noch keinen Partner gefunden hatte.

Vielleicht hätte Jürgen das alles nicht ausgerechnet mit diesem Füllfederhalter aufgeschrieben, hätte er gewusst, warum der alte Händler ihm den Füller geschenkt hatte. Doch wie hätte er wissen sollen, dass Herr Goldblum die Seele des Stefan König in den Füllfederhalter gebannt hatte?

Und so lernte der Alt-Nazi Stefan König das Leben des Jürgen Dombrowski von einer sehr persönlichen und sehr detaillierten Seite kennen. Ob er es wollte oder nicht.

Claudia Sperlich

Ein Erbstück

Die Ladung zur Testamentseröffnung kam nicht nur für mich äußerst überraschend. Weder die Existenz noch der Tod dieses Cousins ich weiß nicht wievielten Grades waren mir zu Ohren gekommen. Niemand hatte eine Ahnung, warum er gerade mich bedacht hatte. Man traf sich in der großzügigen Altbauwohnung des Verstorbenen. Ich erfuhr, dass er hier vor vier Wochen von seiner Zugehfrau gefunden worden war – noch warm und rosig in seinem besten Maßanzug auf dem Sofa liegend und in einen leichten Duft von Bittermandel gehüllt.

Jahrzehntelang hatte der eigenbrötlerische Junggeselle weder seine Eltern noch seine zahlreichen Brüder und Schwestern sehen wollen. Telefonisch oder elektronisch war er nicht erreichbar gewesen. Die Wohnung wirkte wie ein großbürgerliches Relikt aus dem späten 19. Jahrhundert. Der Gasherd war ein Sammlerstück des fin-de-siècle, ebenso die porzellanenen Armaturen im Bad, wo sich neben einem Döschen Alaun ein Rasiermesser fand. Der Schreibtisch enthielt eine Sammlung von Stahlfedern, verschiedene Tintenfässer und mehrere Stapel Büttenpapier. Ich begriff die Logik des letzteren: Es hatte in der Zeit, in die mein Cousin sich versetzt hatte, kein säurefreies Holzpapier gegeben, und um vergilbende und bröckelnde Dokumente zu vermeiden, hatte er tief in die Tasche gegriffen. Nicht einmal der übliche Plastikmüll war zu sehen; er musste Derartiges sofort im Mülleimer auf dem Hof entsorgt haben. Die unvermeidlichen Moderna – Versicherungsverträge, Steuerpapiere und dergleichen – hatte er in die unterste Schublade einer Kommode gepfercht.

Die zahlreichen Bücherborde enthielten allem Anschein nach nichts, was nach 1910 entstanden war; sie wirkten wie ein teures Antiquariat.

Der Notar, ein graues, schmallippiges Männlein mit spitzem Kinn, kam ohne Vorrede zur Sache. Die Eltern erbten ein beträchtliches Vermögen (umflortes Nicken), der älteste Bruder die Wohnung und alles, was darin war (melancholisches Lächeln), die übrigen Geschwister je tausend Euro (enttäuschte und zornige Mienen). Dies alles war in knappen, sachlichen Worten ausgedrückt.

Die peinliche Pause wurde vom Notar unterbrochen: „Meiner Cousine Mina Weishaupt überlasse ich den Füllfederhalter von 1896. Ich habe Minas Bücher mit großer Freude gelesen und hoffe, dass sie mit diesem Werkzeug noch viele unterhaltende Geschichten schreibt" (allgemeines spöttisches Lächeln).

Der Notar räusperte sich und schloss: „Unterschrift: Ildefons Messner, Hamburg-Altstadt, den 5. Januar 2008." – Das Testament war eine Woche vor dem Tod verfasst worden.

Ich war bewegt und erstaunt. Von meiner Schriftstellerei halte ich selbst nicht sehr viel; es ist solide Unterhaltungsliteratur. Dass dieser reiche und allem Anschein nach hochgebildete und zugleich getriebene, depressive Mensch meine netten harmlosen Kurzgeschichten und Familienromane gern gelesen hatte, begriff ich nicht.

Als die Eltern des Toten die Wohnung durchstöberten, nahmen das alle Anwesenden zum Anlass, die Zimmer zu besichtigen. Dabei war nichts Zeitgenössisches zu finden; eine Zuckerdose aus den 20er Jahren war das modernste Objekt. Nur auf dem Nachttisch lagen fünf Bücher aus meiner Feder; das rührte mich sehr.

Vor den Augen des Notars wurde mir ein schwarz glänzender Kolbenfüller mit Goldfeder ausgehändigt, an dem ein handgeschriebenes Schild mit meinem Namen hing. Der Abschied von der Familie war frostig.

Das Schreibgerät lag gut in der Hand und schrieb leicht und sauber. Die Feder war ein vergoldetes Schmuckstück mit gravierter Jahreszahl ihrer Entstehung. Ich hatte seit kurzem eine hübsche kleine Geschichte über einen eigenwilligen Teenager im Kopf und machte mich an die Niederschrift. Noch nie hatte ich so konzentriert und schnell geschrieben; in wenigen Stunden war die Geschichte fertig und wartete auf die Eingabe in den Computer. Das sollte meiner Gewohnheit nach am nächsten Tag geschehen; für heute war ich fertig – in jeder Hinsicht, ich war ausgelaugt und nervös und fand erst nach einem ausgedehnten Spaziergang zur Ruhe.

Nach dem Frühstück setzte ich mich an den Computer, um das Manuskript einzugeben. Ich begann: Ein Backfisch in Berlin – stutzte, schaute noch einmal auf das Manuskript – dort stand tatsächlich Backfisch. Ich grinste amüsiert – der gestrige Ausflug ins 19. Jahrhundert hatte Eindruck gemacht – und ersetzte das Wort durch Teenager. Im Übrigen war ich sehr zufrieden mit der Geschichte; ich hatte lange nicht so flüssig und in so originellem Stil geschrieben.

Während dem Mittagessen fiel mir bereits das nächste Thema für eine Kurzgeschichte ein. Eine Stunde später saß ich in meinem Lieblingscafé und beschrieb mit dem Füllfederhalter, der wirklich einmalig gut in der Hand lag, den Ausbruch einer Hausfrau und Mutter aus ihren spießigen Konventionen. Die Gedanken kamen von selbst, ich arbeitete ohne jede Anstrengung und musste nach keinem Wort suchen. Dabei entwickelte sich die Geschichte etwas düsterer und schwieriger als geplant; meine Hauptfigur machte sich gewissermaßen selbständig; das war mir zu Beginn meiner Schriftstellerkarriere noch passiert, aber seit der ersten erfolgreichen Veröffentlichung nicht mehr. Ich bestellte einen Kaffee nach dem anderen, und abends hatte ich zehn Seiten vollgeschrieben und einen Titel gefunden: Die Amazone.

Anderntags tippte ich das Manuskript noch vor dem Frühstück ab. Mit leisem Kopfschütteln merkte ich, dass ich meine Heldin hatte Theetassen abwaschen und ihren Mann Cigaretten rauchen lassen. Übrigens gefiel mir die Geschichte weit besser als das, was ich sonst von mir gewohnt war. Ich hatte die Frau aus einem lieben, etwas spießigen, harmlosen Leben in ein fröhliches Abenteuer ausbrechen lassen wollen, und sie war aus einem in höchster Korrektheit morbiden und düsteren Leben in eine ungewisse Zukunft geflohen.

Gleich nach dem Speichern überfiel mich die nächste Idee. Der Federhalter glitt wie von selbst über das Papier; meine Einfälle überschlugen sich, und erst spätabends setzte ich den Schlusspunkt. Knieweich stand ich auf, braute einen starken Kaffee, trank gierig und ging, leicht zitternd, den kostbaren Federhalter nebst Schreibblock in der Handtasche, zum Zwecke eines kleinen Spazierganges vor die Tür.

Die Bedeutung des Wortes Einfall war mir nie so klar geworden. Etwas fiel in mich hinein, funkenschlagend, gewaltsam, schmerzhaft; ich stürmte ins nächste Café, bestellte einen doppelten Espresso und schrieb. In den frühen Morgenstunden, nach ungefähr zehn doppelten Espressi und zwanzig eng beschriebenen Seiten, schloss das Café; aufgekratzt und ungeduldig ging ich nach Hause und schrieb dort weiter. Am frühen Vormittag musste ich aufhören; ich war geistig und körperlich erschöpft und legte mich angezogen auf das Bett. Abends erwachte ich, schaltete den Computer an und tippte wie besessen ein, was ich geschrieben hatte. Die Kurzgeschichte von gestern früh beunruhigte mich etwas; nicht nur hatte sich wiederholt obsolete Orthographie eingeschlichen, auch das Thema schien nicht zu mir zu gehören: in einem inneren Selbstgespräch erwägt eine Frau, auf welche Art sie am besten ihren Mann sowie ihre Eltern umbringen könne. Der Stil war ähnlich wie bei der Amazone, aber noch besser, mit originellen Wendungen, die ich mir nie zugetraut hätte.

Der nächste Text war noch nicht abgeschlossen, aber was dort stand, jagte mir Angst ein. Wieder war es stilistisch und im Aufbau so, dass ich beim Abtippen nichts verbesserungswürdig fand, dabei aufregend, neuartig, düster – und durchaus nicht „von mir“: so hatte ich nie geschrieben. Die altmodische Schreibweise passte hier so gut, dass ich sie nicht änderte. Die finstere Hauptfigur berichtete ganz unsentimental von ihren geplanten und ausgeführten Gewalttaten.

Ich fror schon seit einer Weile; nach dem Speichern wollte ich den Thermostat heraufdrehen, fand ihn auf 25° und die Heizung warm. Ein kurzes Stoßlüften machte mich heftig zittern.

In Eile aß ich irgendetwas, goss Kaffee auf und setzte mich wieder zum Schreiben hin. Der Federhalter flog über das Papier; nur wenn ich ihn niederlegte, um nach der Tasse zu greifen, zitterte meine Hand. Einmal musste ich Tinte nachfüllen und stieß dabei fast das Tintenfass um. Aber sobald der Federhalter wieder das Papier berührte, hörte das Zittern auf. Die Geschichte nahm ihren grauenvollen Fortgang. Mein zweites Ich, von dem ich bisher nichts geahnt hatte, mordete mit kühlem Kopf und gierigem Herzen weiter.

In weniger als einem Vierteljahr schrieb ich auf diese Weise einen Roman. Ich schlief wenig und unregelmäßig, aß hastig und meist zu wenig, ließ meine Wohnung verkommen.

Die beiden Kurzgeschichten hatte mein Verleger entsetzt abgelehnt; er wolle die von mir gewohnten herzerwärmenden Frauen- und Familiengeschichten und nichts anderes. Allerdings hatte ein von der intellektuellen Welt hochgeschätzter Verlag, dem ich Exposé und die ersten drei Kapitel des wachsenden Romanes geschickt hatte, mir postwendend einen Vertragsentwurf gesandt und zudem versprochen, die Kurzgeschichten in einer der nächsten Anthologien unterzubringen.

Bisher hatte ich die Schriftstellerei als Handwerk mit viel Routine betrieben; sie ermöglichte mir einen guten Lebensstandard und gesellschaftliche Anerkennung, auch wenn ich von den Großen der Literatur bestenfalls belächelt wurde. Der Roman Schwarze Seele begründete einen völlig anderen Ruhm als den gewohnten. Die schwärmerischen Briefe von Hausfrauen, Sekretärinnen und Erzieherinnen bleiben aus; dafür erreichen mich Artikel in Feuilletons und Literaturzeitschriften. Ich muss höchst lästige Interviews und Lesereisen über mich bringen, wobei ich ständig zittere. Das Zittern lässt nur nach, wenn ich meinen Federhalter über das Papier gleiten lasse.

Ich schreibe buchstäblich Tag und Nacht, weiß selten, welche Tageszeit ist, bin aus schierem Zeitmangel abgemagert – wann soll ich essen, wenn mein Federhalter mir keine Ruhe lässt? – und antworte nicht auf besorgte Mails und Briefe von Freunden. Das schlechte Gewissen und die Scham lassen sich nur überwinden, indem ich mich mit dem Füllfederhalter hinsetze und schreibe. Ich bin bei einem Tagespensum von ungefähr vierzehn Stunden gelandet.

Ich muss Schluss machen. Eben habe ich einen neuen Einfall. Die Geschichte wird einen Selbstmord beschreiben – aus der Sicht des Täters.

Carmen Rodrigues

Der Seelenfänger

„Tu es!“, hatte es geflüstert. Ganz leise und doch, als befände es sich direkt neben seinem Ohr. „Du weißt, es muss sein. Ich brauche das Leben und ich brauche dich, es mir zu bringen.“ Fordernd erhob sich in seinem Kopf das alljährliche Szenario, welches er so sehr fürchtete. „Geh nun und erfülle deinen Teil der Abmachung. Du weißt, was du verlierst, wenn du versagst!“

Thomas von Lahnstein weinte lautlos ob des Schreckens, der vor ihm lag. Schweigend packte er seine kleine lederne Tasche. Als er nach draußen trat, ließ er den liebevollen und gutmütigen Thomas von Lahnstein zurück und schlüpfte in die Rolle, die seine gemarterte Seele ihm zugedacht hatte für diese einsamen Nächte voller unsagbarem Grauen.

In der eiskalten Dezemberluft lag sie vor ihm: Elisabetha. Wunderschöne, zarte Elisabetha! Ihre bloßen Brüste stachen spitz nach oben in die klirrende Kälte. Ihr schwarzes Haar bedeckte das obere Ende des Holztisches wie eine seidene Tischdecke. Ihr Gesicht war blass, ihre dunklen Augen sahen ihn ausdruckslos an, die vollen roten Lippen waren fest verschlossen. Ihre Haut schimmerte im fahlen Mondlicht wie Perlmutt und nur der Schatten seiner massigen Statur bedeckte ihre entblößte Scham. Ihre schlanken Beine hatte er leicht gespreizt, sodass er besser arbeiten konnte.

Präzise traf er den kleinen Punkt unterhalb ihres Bauchnabels und stach sein Skalpell tief in ihren Körper. Dies war sie, die Stelle, an der die weibliche Seele saß, ihre Liebe glühte und ihre heimliche, fraulich sanfte Macht sich entfaltete. Hier verschmolz die Leidenschaft des Seins zu neuem Leben, hier wurden die tiefsten Sehnsüchte und Wünsche einer Frau versteckt. Genau hier musste er schneiden, er musste all diese Lust und all dieses lebendige Gefühl einfangen, so musste es sein! Dunkles Blut quoll hervor und seine Hand schien in einem purpurnen Strom zu schwimmen, als er den Schnitt ausführte. Sauber und gerade trennte er die Bauchdecke in zwei Teile und hielt kurz unterhalb des Brustansatzes inne.

Die Frauen des kleinen Dorfes kannten den jungen Arzt schon lange und hatten großes Vertrauen zu ihm. Oft schon hatten sie ihn hinter vorgehaltener Hand und mit erröteten Wangen um Hilfe gegen ihre monatlichen Frauenleiden gebeten. Verschämt, aber dankbar hatten sie das Gebräu aus Frauenmantel, Baldrian und Lavendeltropfen entgegengenommen, erleichterte es ihnen doch ihre harte Arbeit auf den Feldern sehr.

Heute, so wie an jedem verfluchten Dezembertag in den Jahren zuvor hatte Thomas dem Heiltrank ein wenig Alraune und schwarzes Bilsenkraut beigemengt. Voller Vertrauen und Hoffnung auf Linderung hatte Elisabetha die Mixtur in einem Zuge getrunken. So konnte sie jetzt nicht das Geringste spüren von dem, was er tat. Keine Regung ihres schlanken Körpers, nicht einmal ein leises Zittern. Nur das stumme, ungläubige Entsetzen in ihren Augen zeugte davon, dass ihr Geist sehr wohl mitbekam, was vor sich ging. Ihr Blick schien um Gnade zu flehen. Ihre lautlose Bitte um Erlösung bohrte sich tief in seine Seele und schien ihn zwingen zu wollen, ihr endlich Frieden zu schenken. Aber es war noch nicht vorbei. Sterben durfte sie erst, wenn er sein Werk vollendet hatte, denn er brauchte ihr Blut frisch und unverdorben, das Leben musste noch darin pulsieren!

Regungslos betrachtete er die klaffende Wunde, aus der weißer Dampf emporstieg als stummer Zeuge dieser Nacht. Der tiefe Schnitt hatte sich bereits bis an den Rand gefüllt mit ihrem Blut, das im fahlen Mondlicht glänzte wie tiefschwarzes Verderben.

„Ein Jammer, dass es nur die Schönsten unter ihnen trifft!“, dachte er missmutig.

Mit einer Pipette sog er das warme Blut auf und füllte es mit ruhiger Hand in kleine, kristallene Phiolen. Langsam reihten sich die Gefäße aneinander und Elisabetha sog die letzten Atemzüge der klaren Winterluft in ihre gepeinigten Lungen.

Stunden später saß Thomas wie ein kleiner Junge zusammengekauert in der alten Mühle, die er von seinem Vater geerbt hatte. Vor vielen Jahren hatten seine Urahnen die Mühle erbaut und das Müllerhandwerk über Generationen weitergegeben. Sein Vater war der Erste, der nicht den Beruf des Müllers ergriffen hatte. Gegen den Willen seiner Eltern war er Arzt geworden und es hatte lange gedauert, bis diese ihm verziehen hatten. Aus Pflichtgefühl hatte er nach deren Tod die alte Mühle übernommen und Jahre später Thomas das Versprechen abgerungen, dieselbe Pflicht zu erfüllen. Thomas wahrte das Erbe seiner Vorfahren, aber zuhause fühlen würde er sich hier niemals.

Mitten im Raum auf dem alten schweren Tisch standen die Phiolen säuberlich nebeneinander gereiht, sieben Phiolen gefüllt mit hellrotem Blut.

Unter dem Tisch befand sich ein Schacht, der tief ins Erdreich stach und in einer großen Grube endete, die von rauschendem Wasser durchflossen wurde. Der Felsenberg trieb es nach einer Schussfahrt bergab durch die engen natürlichen Gänge, tief unter der Mühle hindurch, bis es sich weit unterhalb der felsigen Klippen hinter dem östlichen Waldrand ins Meer ergoss. Manchmal brachte der Strom etwas mit ... dann war es nicht nur Wasser, das sich in den Tiefen des Meeres verlor. Dort hinunter, in seine Todesgrube, warf Thomas von Lahnstein die Mädchen nach getaner Arbeit. Das Letzte, was er von ihnen sah, waren ihre anklagenden toten Augen, die ihn bis in seine dunkelsten Träume verfolgten. Und wenn er träumte, sah er direkt in die angstvollen Seelen seiner Opfer und seine gequälten Gedanken hetzten durch die Nacht, als wären sie auf der Flucht vor etwas Grauenhaftem und so Unglaublichem, dass ein menschlicher Verstand es nicht fassen konnte.

Thomas von Lahnstein wusste, er konnte dem Fluch nicht entrinnen. Müde, voller Ekel und Abscheu erhob er sich und schritt langsam zu dem schweren Polsterstuhl, der hinter dem Tisch stand. Er wollte es nicht tun, sein Herz und seine Seele kämpften dagegen an, aber er wurde erbarmungslos immer tiefer in sein alljährliches

Schicksal gezogen. Thomas spürte eine trügerische Wärme, die seinen Körper einhüllte. Je wärmer es wurde, desto weiter schien sich sein Verstand zu entfernen, desto schwächer wurde sein Widerstand und desto mehr drängte es ihn, das grauenvolle Ritual zu vollenden.

Tief in die Polster des alten Stuhls gedrückt, in der Hand den Füllfederhalter seines Vaters, bedrängten ihn die Erinnerungen an den Mann, den er so sehr verehrte.

Eberhard von Lahnstein war ein bis an die Landesgrenzen bekannter Arzt gewesen. Er war keiner von der Sorte, die den Menschen ihre Münzen aus den Taschen zogen, er war kein Quacksalber. Er beherrschte sein Handwerk und heilte, was er heilen konnte. Aber er wusste auch, wo seine Grenzen waren. Den Tod hatte er fast augenblicklich riechen können, sobald er die Krankenstuben betrat. Den Todgeweihten erleichterte er das Sterben, und er wurde bewundert für seine Ehrlichkeit und sein Können. Von Nah und Fern kamen die Kranken.

Der kleine Thomas half, wo er nur konnte. Er vergötterte den Medicus und lernte das Handwerk eines Arztes von frühester Jugend an, wollte er doch genauso sein wie sein berühmter Vater. Er erinnerte sich daran, wie jener Abend für Abend seine Aufzeichnungen machte. Hier an diesem Tisch hatte er gesessen und mit dem geheimnisvollen Füllfederhalter Seite um Seite seiner medizinischen Bücher und Studien gefüllt. Nie hatte der alte Herr verraten, wie er zu dem kostbaren Stück gekommen war. Weit verbreitet waren Füllfederhalter noch nicht, und dieser hier musste einer der Ersten seiner Art gewesen sein. Die einfache Fertigung des Kolbens und die grobe Feder gaben keinerlei Hinweis, wie das wundervolle, gestochen scharfe Schriftbild zustande kommen konnte. Etwas Geheimnisvolles hatte dem Federhalter schon immer angehaftet, aber als kleiner Junge hatte Thomas nie darüber nachgedacht, warum dieser Stift eine solche Faszination auf ihn ausübte. Zu groß war seine Furcht, das Geheimnis zu lüften.

Seine Mutter war früh gestorben und so hatte Thomas kaum mehr als eine flüchtige Erinnerung an die warme, schöne Frau. Der Vater nahm sich nach den langen Tagen viel Zeit für den Jungen und gab ihm all die Liebe, die er brauchte, um ein glückliches Kind zu sein.

Einmal im Jahr, im Dezember, verschwand der Vater spätabends; und in dieser Nacht musste Thomas in der Küche schlafen. Es war ihm strengstens verboten, die Stube zu betreten. Das waren für Thomas Nächte der Angst. Am nächsten Morgen war immer alles wieder beim Alten und der Junge maß alldem nicht viel Bedeutung bei, auch wenn er die alljährlichen nächtlichen Stunden in der Küche fürchtete.

Viele Jahre gingen ins Land, und als Eberhard von Lahnstein starb, war Thomas zu einem klugen jungen Mann herangewachsen, vertraut mit den Geheimnissen der Medizin und bereit, das Erbe seines berühmten Vaters anzutreten.

Und nun saß er, wie jedes Jahr in einer eisig kalten Dezembernacht in der Stube am Tisch. In der Hand diesen verfluchten Füllfederhalter, den er so tief hasste und doch so innig liebte. Thomas wusste, er würde es tun, er musste es tun. Er spürte, wie die Stimme in seinen Kopf zurückkehrte. „Tu es, Thomas, tu es ... ich hungere. Ich bin gierig ... ich brauche es. Tu es endlich ... Du musst bezahlen, das weißt du!“, hämmerte es hinter seiner Stirn.

Langsam öffnete Thomas den Federhalter, um ihm zu geben, was er brauchte. Vorsichtig goss er die erste Phiole Blut in den schlanken Körper des Schreibers. Ein tiefroter Tropfen floss durch die Feder und tropfte einen Fleck auf das weiße Papier. Und Thomas machte sich bereit ...

Es war grauenhaft, als sie kamen ... Thomas warf seinen Kopf in den Nacken, die Hand krampfte sich um den Füllhalter, während ihm die Phiole aus der anderen entglitt und auf dem Steinboden zerbarst. Thomas spürte einen eisigen Hauch seinen Rücken entlangkriechen. Er starrte in den Raum, er sah die Geister der Frauen auf sich zuschweben, manche boshaft lachend, alle mit weit aufgerissenen Augen. Sie waren da, immer lauter tönte es in seinem Kopf, und als die Ersten sich seiner Sinne bemächtigten, schrie auch er. Sie drangen in sein gemartertes Hirn; und die Qualen, die er in den Phiolen gefangen hatte, entluden sich in einem stürmenden Brüllen. Thomas schrie die Schmerzen seiner Opfer in das Dunkel der Nacht und kalte grausame Finger wühlten in seinem Verstand. Er war wie von Sinnen, er krallte eine Hand in seinen Schenkel, ein Fingernagel brach ab und blieb im Fleisch stecken. Und Thomas von Lahnstein schrie, mal gurgelnd und gluckernd, mal schrill und laut, voller Hass und Abscheu. Abgrundtief war die Schuld, die er zu begleichen hatte! Seine Stimme gellte tief ins Mark seines Seins.

Als die letzte Phiole geleert und der Füllfederhalter endlich satt war, lag Thomas von Lahnstein zu Tode erschöpft über dem Schreibtisch seines Vaters. An der Stirn spürte er die Kerben, die sich über die Jahre in die Tischplatte eingegraben hatten. Er roch das alte Holz. Mit jedem Atemzug sog er den Geruch tief in seine Lungen und es würgte ihn. Jede Faser seines Körpers schmerzte unendlich und sein eigenes Ich war in sein Bewusstsein zurückgekehrt. Er versuchte verzweifelt, einen klaren Gedanken zu fassen. Der Federhalter lag vor ihm auf dem Holz und ein kleiner Rest gequälten Blutes schimmerte wie ein tiefroter See in der letzten Kristallphiole.

Seit einigen Jahren war er nun in den Fußstapfen seines Vaters und Jahr für Jahr bezahlte er den gleichen, grauenhaft schmerzlichen Preis für all die Menschen, die er durch seine Heilkunst rettete. Er wusste, dass er seine hohe Kunst allein dem Federhalter verdankte, schrieb dieser doch – geführt von seiner schuldigen Hand – die Namen der bedauernswerten Seelen, deren letztes Stündlein bald schlagen würde, in tabellarischer Genauigkeit auf die rechte Seite des Papiers. Jene aber, denen ein langes gesundes Dasein vergönnt sein sollte, wurden säuberlich zur Linken aufgeführt. Und so wusste Thomas stets lange vorher, wer leben und wer sterben würde. Nur diesem Umstand war es zu verdanken, dass er ebenso grandiose Erfolge als Arzt verzeichnete wie einst sein alter Herr.

Den Blutzoll, der alljährlich zu entrichten war, vermutete keine noch so argwöhnische Menschenseele hinter dem Medicus. Dass Jahr für Jahr ein Mädchen verschwand, immer im Dezember in sternenklarer und eiskalter Nacht, verwunderte niemanden. Ging doch schon Hunderte von Jahren die Sage um, dass tief unter dem Felsenberg ein Geist lebte, der sich als Gegenleistung für das Wohlergehen im Dorfe jährlich eine Schönheit nahm.

Thomas wusste es besser. Er war es so leid ... er war müde.

Der Füllhalter war in der Müllersfamilie weitervererbt worden. Was das Schreibgerät einem Müller nutzte, konnte Thomas sich nicht vorstellen, aber er wusste genau, welchen Nutzen er ihm als Arzt gebracht hatte. So wie seinem Vater: Ruhm und Ehre, bezahlt mit Tod und Seelenqualen.

„Ich muss es tun! Ich kann so nicht weiterleben!“ Die Schuld und die geschändeten Frauen, die Augen, die ihn bis in den Schlaf verfolgten, seine gemarterte Seele, die sich tagein tagaus in den Tiefen der Hölle verzehrte, all das war zu viel. Er musste dem Grauen ein Ende setzen. Wild entschlossen, die Augen zu schmalen Schlitzen in seinem aschfahlen Gesicht zusammengekniffen, packte Thomas den schlanken Körper des Schreibgerätes. Der Federhalter glühte bedrohlich und wurde immer heißer ... er spürte, was Thomas begehrte. „Nein! Das kannst du nicht, du Versager, du lächerlicher Wicht! Du wirst das nicht tun, du bist schwach ... du wirst für immer schmoren in der Hölle und du wirst keine Ruhe finden!“, brüllte es in seinem Kopf.

Der Füllhalter schien sich in seiner Hand zu winden, fühlte sich an wie eine Schlange aus den Tiefen der Hölle. Thomas musste all seine Kraft zusammennehmen, um ihn nicht loszulassen. Der Federhalter glühte wie ein Stück Stahl im Schmiedeofen des Schwertmeisters und brannte sich tief in die Haut. Es war, als ob er seinem Schicksal entgehen wollte.

Als Thomas versuchte, das Teufelswerkzeug in der Mitte auseinanderzubrechen, spürte er, wie die Gluthitze sich gleich einem Höllenfeuer in allen Muskeln seines Körpers breitmachte. Er musste es schaffen, er musste ihn zerbrechen! Er musste zerstören, was sonst ihn vernichten würde. Er kämpfte gegen den Dämon und spürte doch, wie seine Kräfte schwanden. Sengende Hitze erfüllte den

Raum. Die Haut auf seinen Armen warf Blasen und schwarze Ränder umgaben die Wunden, die er sich zugezogen hatte. Es stank entsetzlich nach verbranntem Fleisch.

Fieberhaft suchte er nach einem Ausweg aus diesem Albtraum. Er blickte sich im Zimmer um, aber er erkannte nichts von dem, was er sah, alles war ihm fremd. Ein unwirkliches, eiskaltes Glühen schien ihm die Augen zu verblenden und trotz der Hitze fror Thomas, als sei er nackt draußen in der eisigen Kälte der Dezembernacht.

Er hatte unsägliche Schmerzen. Seine Hände fühlten sich an wie glühende, zerfetzte Stümpfe. Er konnte der Macht des Füllhalters nichts entgegensetzen und Tränen der Wut und der Verzweiflung rannen über sein Gesicht. Die Hitze drohte ihm den Verstand zu rauben, das Glühen zerrte an seinen Armen und floss wie ein Feuerstrom durch sein Inneres.

Thomas spürte, wie sich die Faust des Dämons um seine Kehle zusammenzog. Ein schwarzer Schatten quälte sich aus dem Kolben des Schreibgeräts, einer Spirale gleich. Entsetzlicher Gestank waberte durch den Raum und der Federhalter wand sich ekelhaft langsam in Thomas' Händen. Er wollte ihn fester halten, aber seine gefühllosen Finger wollten seinem frierenden Verstand nicht mehr gehorchen.

Oh, er war stärker, dieser Dämon, so viel stärker und so unendlich weit überlegen! Thomas begriff, dass er nicht gewinnen konnte und er wollte seine Hand zur Niederlage öffnen, als sein Blick auf den Tisch fiel. Dort schimmerte im Glühen des Füllhalters die letzte Kristallphiole. Wie tausend Funken brennender Kohle zeichnete sich in seinem Kopf das Bild ab, das zu malen er sich so lange versagt hatte. Er spürte, er hatte noch eine Chance, eine einzige Chance ...

Mit letzter Kraft ergriff er die Phiole. Er setzte sie an seinen Mund und legte seinen Kopf in den Nacken. Als das Blut seine Lippen berührte, schien eine seltsame Stille ihm einen Moment der Ruhe zu gönnen.

Und dann brach das Inferno los. Alles schien gleichzeitig zu geschehen. Ein schwarzer Schatten schoss aus dem Füllhalter und quoll zu einer formlosen grotesken Masse auf, dunkelrote Augen glühten in der Mitte des undurchdringlichen Nebels, der das Zimmer mit bestialischem Gestank erfüllte.

Thomas' Angst stieg ins Unermessliche. Er starrte in das schwarze Nichts und erblickte die Pforten der Hölle. Er wollte schreien, aber kein Laut kam über seine Lippen. Mit einem Fauchen öffneten sich die Tore der Hölle und ein tiefes Brüllen schwoll zu einem Sturm, als sich die Kraft des Seelenblutes in Thomas' Adern ausbreitete und den Brand zu einem höllischen Feuer entzündete. Seine Arme wurden nach oben gerissen, die Beine knickten weg und er schlug mit seinen Knien auf dem harten Grund auf. Aus seinem Mund tropften kleine dunkelrote Blutklumpen und zerplatzten mit einem widerwärtigen Geräusch. Jeder dieser blutigen, schleimigen Brocken barg die Seele eines der toten Mädchen. Durchsichtige, körperlose Frauen sammelten sich, gleich einer Armee der Toten, umkreisten das stinkende Nichts aus den Tiefen der Hölle und ihre geisterhaften Münder versuchten die Schwärze in sich hineinzusaugen. Sie wollten Rache! Rache und Vergeltung für die Grausamkeiten, die der Dämon ihnen in Thomas' Gestalt angetan hatte.

Die wabernde Schattenwolke wand sich mit ohrenbetäubendem Gebrüll und glühende Augen bohrten sich tief in Thomas' schwindende Existenz. Eine Seele nach der anderen schien der Schatten zu greifen, mit Händen, die keine waren; und unsichtbare Arme schleuderten die schreienden Geisterfrauen, die aus Thomas hervorquollen, in die schwarze körperlose Mitte, direkt in die Tiefen der ewigen Verderbnis.

Wie ein Tier hatte sich das Feuer an seinem sterbenden Körper entlanggefressen und Thomas wusste, nur er allein konnte dem Kampf der Hölle gegen das Leben ein Ende bereiten. Er musste den Dämon mit seiner eigenen Waffe schlagen und all das Elend, das er über die armen Frauen gebracht hatte, mit der endgültigen Vernichtung des Teufelswerkzeugs sühnen!

Auf dem Tisch lag ein Stück Papier und als er es berührte, begann es, an den Rändern zu glühen. Mit dem glutheißen Füllfederhalter seines Vaters schrieb Thomas von Lahnstein die erlösenden magischen Worte auf den angerußten Fetzen:

pereat animas qui capit – Tod dem Seelenfänger

Ein schrilles Kreischen tobte auf, der Schatten wirbelte herum und saugte alles Feuer des Raumes in sich hinein, hielt einen Moment inne und starrte in Thomas' triumphierenden Blick ... Dann explodierte er in einem gewaltigen Feuerball. Der grauenhafte Füllfederhalter zerbarst in Abertausende winzige Stückchen, die sich durch Thomas' brennenden Körper bohrten und seine gepeinigte Seele erlösten.

Seine letzten Gedanken galten seinem Vater. „Es ist vorbei, Vater. Ich habe den Fluch von uns genommen. Es ist vorbei ...“, flüsterte er.

Thomas lächelte ...

Er hatte gesiegt.

Thomas Stefan

Die Schweiz, die Alpen und das Weltall

Gnoof dachte nach. Immer wieder kreisten seine acht Tentakel um den Bildschirm. Sein Entscheidungsfühler blieb unschlüssig an seinem massigen Körper, die kleine Metallkralle wackelte hin und her. Schließlich hielt er inne. Das Geraune verstummte. Der Rat der Einäugigen erwartete seine Entscheidung.

Die Kralle zuckte vor und tippte auf den runden Monitor, auf einen winzigen Punkt, nicht zu unterscheiden von den Hunderten anderer Punkte. Der Punkt wurde schnell größer, verdrängte alles andere. Schließlich nahm ein blauer Planet den Bildschirm ein. Gnoof neigte etwas den Kopf, folgte der Tradition und schlürfte grüne Flüssigkeit.

Die Spannung unter den Anwesenden löste sich, Laute der Erleichterung waren zu hören, Flüssigkeiten wurden ausgetauscht, einige wagten sogar, ihre Tentakel in die Luft zu werfen.

Gnoof ließ sein Auge rollen, vollführte mit seinem Machttentakel eine unwirsche Bewegung. Augenblicklich war wieder Ruhe eingekehrt.

„Knarf!", rief er.

Sofort erschien der Minister für weit entfernte Angelegenheiten.

Gnoof deutete auf den blauen Planeten.

Knarf verbeugte sich, machte aufgeregte Bewegungen mit seinen Tentakeln. „Eine weise Entscheidung, großer Gnoof."

Gnoof wiegte mit seinem Kopf zufrieden hin und her. „Hier werden wir endlich wieder Ruhe finden, es wird Zeit für unser Volk."

Knarfs Tentakel vibrierten, er konnte seine Erregung kaum unterdrücken. „Das übliche Verfahren, großer Gnoof?"

„Natürlich", antwortete dieser. Die Tentakel glitten über den Monitor, als wollten sie sich schon jetzt einverleiben, was dort zu sehen war. „Wissen wir schon Genaues von diesem Ort?"

„Einen Moment", erwiderte Knarf und ließ seinen Denktentakel über den pickeligen Kopf kreisen. „Ja, jetzt kommt die Information. Die Einheimischen nennen den Planeten Erde. Sehr viel Wasser, jedoch auch genügend Land und – Berge."

Für einen Moment herrschte Stille, dann brach Jubel aus, Hochrufe auf Gnoof. Dieser ließ sie gewähren, dann hob er wieder den Machttentakel, diesmal väterlich-beruhigend. „Minister, beginnen Sie mit den Erkundigungen, aber – seien Sie vorsichtig."

Sein mächtiger Blick ruhte auf Knarf, der sich verbeugte und seinen Abschiedstentakel zum Gruß erhob.

Urs Egli blickte in die Dokumentenmappe. Alles korrekt. Er zückte seinen Montblanc und zeichnete ab. Dann drückte er auf den Knopf der Gegensprechanlage. „Frau Ürli!"

Die Dame erschien prompt, nahm ihm die Mappen ab. „Haben Sie noch einen Wunsch, Herr Direktor?"

Er verneinte lächelnd.

Sie verschwand.

Egli steckte sich den kostbaren Füllfederhalter in die Brusttasche, stand auf, prüfte nochmals kritisch im Spiegel sein Aussehen. Ein Direktor der Credit Suisse hatte immer einen vorzüglichen Eindruck zu machen. Nein, keine Probleme erkennbar, der bügelfreie Maßanzug saß ideal, das vornehme goldene CS prangte auf dem Revers.

Es war Feierabend. Er verließ sein Büro, die Angestellten grüßten ihn mit der gebotenen höflichen Aufmerksamkeit. Vor der Bank blieb sein rechter Fuß an etwas hängen, dann löste er sich schmatzend von den Steintreppen. Egli vermutete einen Kaugummi unter seinem Schuh. Unschlüssig blieb er stehen. Menschen strömten aus der Bank, ständiges Kopfnicken. Egli atmete etwas durch, nein, hier konnte er den Schuh nicht reinigen, das Kaugummi abstreifen. Wohl oder übel lief er weiter, sammelte dabei ein kleines Stück Papier auf, welches sich auf die klebrige Stelle legte. Zumindest ging das Laufen damit besser.

Er beschloss, einen kleinen Umweg zu machen. Er wich vom üblichen Weg ab, nahm den breiten Kiesweg in den nahen Park. Im Halbdunkel der Dämmerung hoffte er, unbemerkt den Schuh reinigen zu können.

Dazu kam es nicht mehr. Gerade als er anhielt, sich nochmals umsah und sich zu seinem Schuh bückte, traf ihn ein violetter Strahl. Egli fiel zu Boden wie eine Marionette, der man die Fäden durchtrennt hat. Ein grüner Briefkasten mitten auf dem Rasen, der dort noch nie gestanden hatte, ließ ein Schlürfen vernehmen, und Herr Egli war plötzlich verschwunden.

Der Experte hob den Grußtentakel, verbeugte sich etwas. „Wir haben die Untersuchungen fast abgeschlossen, großer Gnoof."

Dieser speichelte ungerührt Lavagestein ein.

Knarf winkte etwas ungeduldig mit den Tentakeln. „So beginnen Sie endlich, Gripp."

Sie standen um den schwebenden Körper des Erdlings, der sich in einem Starrezustand befand.

Gripp deutete auf den Schlafenden. „Eine sehr interessante Spezies. Zunächst fällt diese ... Umhüllung auf." Er deutete, mit den Tentakeln kreisend, auf das schützende Material, welches den Erdenbürger umgab. „Wir sind uns nicht einig, ob es sich um ein Zeichen primitiver oder fortgeschrittener Zivilisation handelt."

„Eine hoch entwickelte Rasse, das sieht doch jeder", unterbrach ihn Gnoof ungeduldig und speichelte weiter ein.

„Ja, natürlich", pflichtete Knarf bei.

„Dann haben wir diese Datenträger gefunden", setzte Gripp fort, und deutete auf verschiedene dünne Quader aus biegsamem Material, die nun vor ihren Augen schwebten. Neben kryptischen Zeichen sah man Abbildungen von Menschen. Gripp las die dazugehörigen Übersetzungen vom Translator ab: „Le Corbusier 10 Franken, Arthur Honegger 20 Franken, Alberto Giacometti 100 Franken."

Gnoof hörte auf zu speicheln, ließ die Gebilde vor seinem mächtigen Kopf schweben. Auge in Auge war er jetzt mit diesen rätselhaften Erdenbewohnern. Es herrschte Schweigen.

Dann speichelte Gnoof wieder Lavagestein ein. „Es sind offenbar Familienangehörige", sagte er schließlich, „aber ich spüre auch ein religiöses Moment."

Knarf sog bedeutungsvoll die Luft ein.

Gripp wagte es, seinen Bedenkententakel zu erheben. „Großer Gnoof, es könnte sich um etwas anderes, Trivialeres handeln, ich bitte Sie, besonders diese akkuraten Zeichen am Rand zu beachten ..."

Gnoof machte eine unwirsche Bewegung mit dem Machttentakel. „Nein, nein, nein, ich spüre etwas Transzendentes. Dass das niemand außer mir bemerkt, ist mir unverständlich."

Der Experte seufzte, den Tentakel hatte er wieder heruntergenommen. „Eine weitere sehr interessante Entdeckung machten wir an der ... planetenwärts gerichteten Extremität." Er deutete auf den rechten der beiden längeren tentakelartigen Auswüchse des Wesens hin, dessen Ende mit einer Art festen Schutzkappe gesichert war. Daran haftete eine weiche gelbliche Substanz. „Eine mit Körperflüssigkeit getränkte Masse, die ebenfalls mit einem kleinen Datenträger bestückt war."

Gnoof ließ eine Überraschungsträne aus seinem Auge fließen, Knarf machte es ihm nach. Gripp schaute zufrieden.

Bevor er jedoch etwas erklären konnte, kam ihm Gnoof zuvor. „Eine offenbar unbekannte Technik, Informationen schnell und direkt aufzunehmen." Abrupt wandte er sich Knarf zu. „Warum verfügen wir nicht über diese Technik?"

„Nun ja", antwortete dieser, zuckte hilflos mit allen Tentakeln, „wir sind schon dabei, dieses Vermittlungsverfahren zu erforschen." Dabei ließ er probeweise Speichel auf den Boden fallen und rührte ihn mit einem Tentakel ein.

Unwillig drehte sich Gnoof zu dem Experten. „Und was steht auf dem Datenträger?"

Gripps Erklärungstentakel lief etwas rot. an. „Leider, großer Gnoof, konnte wir ihn nicht entschlüsseln." Er wagte kaum, in das große Auge seines Gegenübers zu blicken.

Zunächst herrschte Stille, dann hob zur Überraschung der Anwesenden Gnoof versöhnlich seinen Machttentakel. „Zeigen Sie ihn uns, vielleicht können wir gemeinsam den Inhalt enträtseln."

Der große runde Bildschirm an der Stirnseite flammte auf, und der kleine geheimnisvolle Datenträger wurde sichtbar:

Lidl Suisse
Bern, 15.01.2008
Haribo Tüte Fr. 1,98
Katzenstreu Beutel Fr. 2,98

Summe Fr. 4,96
incl. MWST

Die drei starrten auf den Monitor.

Knarf wagte etwas zu sagen. „Großer Gnoof ..."

Der schnitt ihm mit einer rüden Bewegung das Wort ab. „Eine geheime Botschaft, da bin ich ganz sicher, wahrscheinlich aus dem Inneren des Planeten, direkt an dieses Wesen weitergegeben. Es muss sich um eine wichtige Person handeln."

Gripp wollte etwas sagen, sein Bedenkententakel wackelte wieder, aber dann ließ er es bleiben. Er hatte ja noch etwas anderes in petto. „Das zweifellos Interessanteste, großer Gnoof, ist dieser Gegenstand." Gripp drückte auf ein kleines Pult, ließ dadurch ein längliches schlankes Gebilde aus einer Öffnung der Ummantelung des Erdenwesens schweben. „Auch hier herrscht noch keine völlige Einigkeit über den Verwendungszweck." Gripp machte weitere Einstellungen. Das geheimnisvolle Ding begann sich vor ihren Augen zu zerlegen, und es erschien eine funkelnde Spitze. Gnoof stöhnte leise auf. Knarf nickte Gripp zufrieden zu.

Der demontierte den Gegenstand nun vollständig, und in dessen Innerem erschien eine Kammer, gefüllt mit einer blauen Substanz. „Eine uns völlig unbekannte Flüssigkeit, auf keinen Fall Körperflüssigkeit, so weit sind wir uns einig. In jedem Fall für uns hoch toxisch."

Gebannt starrte Gnoof auf die Einzelteile.

Knarf wagte etwas zu sagen. „Könnte es sich um ein Gerät zur Nahrungsaufnahme handeln, etwa für eine stimulierende Spezialität?"

Gripp zuckte mit den Tentakeln. „Das wäre natürlich eine Möglichkeit."

Gnoof schaute sie empört an. „Sind Sie denn beide mit Blindheit geschlagen? Sieht denn niemand, was ich sehe? Es handelt sich hier offenkundig um eine Waffe, eine furchtbare, ja grausame Waffe."

„Ja", antwortete Knarf bestürzt. Sein Bedenkententakel zuckte schon wieder. Er machte einen letzten Versuch, seine Kompetenz zu beweisen. Er stellte den Gegenstand senkrecht, die funkelnde Spitze schwebte dem glatten Boden entgegen, bereit, etwas zu hinterlassen. „Wir haben uns gedacht, großer Gnoof, man könnte etwas Flüssigkeit aus der Spitze hinauspressen und ..."

„Unterstehen Sie sich", donnerte ihn Gnoof an, „diesen Ort mit dieser toxischen Flüssigkeit zu kontaminieren!"

Enttäuscht setzte Gripp die Einzelteile wieder zusammen.

Gnoof winkte den geheimnisvollen Gegenstand zu sich heran, ließ ihn in alle Richtungen kreisen. Dann nahm er eine Aufschrift wahr: Montblanc.

Er deutete darauf.

„Die Entschlüsselung läuft, großer Gnoof, unsere Abteilung arbeitet auf Hochtouren", antwortete Gripp matt.

„Ja", pflichtete Knarf bei, der auch wieder etwas sagen wollte, „wir erwarten jeden Moment das Ergebnis. Oh, da ist es ja."

Der große Bildschirm flammte auf. Darauf standen zwei Worte: Weißer Berg.

Lähmendes Entsetzen machte sich breit. Fast gleichzeitig blickten die drei an die gegenüberliegende Wand, auf der das große Symbol dargestellt war, dem sie alle verpflichtet waren: der Schwarze Berg. Ehrfurchtvoll blickten sie zu ihm, mächtig und unbeeindruckt blickte der zurück.

Gnoof fasste sich endlich. „Ich habe es gleich gespürt. Sie sind uns weit voraus. Eine hoch entwickelte Zivilisation, fortschrittliche Technik und eine überlegene Religion. Knarf, Sie haben einen furchtbaren Fehler begangen."

Der Minister senkte den Kopf, er konnte dem vernichtenden Blick von Gnoof nicht standhalten.

Gnoof atmete tief durch. „Es fehlt nur, dass sie auch noch den heiligen Ort selbst kennen."

In diesem Moment wurde Knarf bleich, die Tentakel hingen schlaff herab. „Wir bekommen soeben neueste Information von diesem Planeten", sagte er mit brüchiger Stimme.

Der große Bildschirm flammte wieder auf und zeigte ein mächtiges mit einer weißen Substanz überzogenes Bergmassiv in all seiner Schönheit. Tatsächlich, es gab ihn, den heiligen Berg.

Niemand wagte etwas zu sagen. „Ich hoffe, ich kann es wieder gutmachen", sagte Gnoof schließlich leise grollend und speichelte wieder Lavagestein ein.

Dominic und Bertrand waren ehrgeizige Einzelgänger, immer abseits der Routen, immer etwas mehr Risiko als die anderen. Eine andere Route, sehr spezielle Ausrüstung und immer Geheimniskrämerei. So hatten sie sich verabredet, ihren Traumberg zu besteigen. Bis in die Nacht nahe an den Gipfel kommen, Übernachtung im Zelt und dann wieder frühmorgens weiter, noch in der Dunkelheit, um mit den ersten Sonnenstrahlen die Ersten zu sein. Die Ersten auf dem Montblanc. Für sie der Berg der Berge, im französisch-italienischen Grenzgebiet.

Die letzten Schritte. Erschöpft aber glücklich sanken sie in den Schnee. Tatsächlich allein auf diesem Gipfel! Aber dann hörten sie ein Röcheln. Sie sahen sich an, war ihnen jemand zuvorgekommen? Das war eigentlich unmöglich. Beide gingen etwas umher, der Schein der Lampen half ihnen. Sie entdeckten Urs Egli. Er kam gerade zu sich und fror erbärmlich.

Bertrand warf eine Thermodecke über den Frierenden. „Wo ist Ihre Ausrüstung, wo der Proviant?“

Egli konnte nichts sagen, zitternd steckte er die Hand in die Tasche seines Anzugs und zog sie wieder heraus. Er hatte ein Stück Lavagestein in der Hand.

Zufrieden wandte sich Gnoof von dem Bildschirm ab, er hatte Eglis Ablage auf dem heiligen Berg und seine Wiederaufnahme verfolgt. Das war noch mal gut gegangen. Immer noch prangte der blaue Planet auf dem Auswahlmonitor. Gnoofs Entscheidungsfühler zuckte hervor, die Metallkralle berührte das Bild und strich es aus. Er konnte ein gewisses Bedauern nicht verleugnen.

Auf seiner Metallkralle war etwas eingraviert. Erdenbewohner würden nur Gekritzel sehen, aber unsere Außerirdischen hätten dieses Zeichen der Macht sofort erkannt und die Schrift lesen können: MONTNOIR.

Christian Poignée

Nachsitzen

Das Eichhörnchen hatte es bis an das Ende des Astes geschafft. Der Ast bog sich unter seinem Gewicht und wackelte im Wind hin und her. Er konnte förmlich sehen, wie es sich konzentrierte und den Ast des anderen Baumes fixierte. Es waren gut zwei Meter, die es zu überwinden galt. Das Eichhörnchen verlagerte sein Gewicht auf die Hinterbeine, beugte sich vor und ...

Klatsch!

Carl schrie auf. Der Rohrstock war mit voller Wucht auf seinen linken Handrücken geknallt. Er fuhr herum und sah in das zornige Gesicht von Mrs. Whimmer. Der Stock wedelte vor seinem Gesicht hin und her. „Wieder einmal am Träumen?“, fragte sie. „Wann wirst du es endlich lernen, dass man in meinem Unterricht nicht verträumt aus dem Fenster zu starren hat? Du bist hier um etwas zu lernen. Und wenn ich es in dich hineinprügeln muss, dann ist das eben so. Aber bei Gott und seinem Sohn Jesus Christus, du wirst es lernen. Und damit ich auch ganz sicher gehen kann, wirst du heute eine Stunde nachsitzen!“

„Eine Stunde?“, entfuhr es Carl.

Wieder hob sich der Rohrstock bedrohlich in die Höhe. „Eine Stunde sagte ich“, zischte Mrs. Whimmer. „Aber wir können es auch gerne auf zwei Stunden erhöhen, wenn du möchtest.“ Sie sah ihn herausfordernd an, doch Carl schüttelte nur den Kopf und starrte auf seinen Tisch hinunter. „Gut. Das wäre dann ja geklärt!“ Sie wandte sich um und ging zurück zur Tafel.

„Eine ganze Stunde!“, dachte Carl. „Und das heute!“ Er hatte doch gleich nach der Schule auf den Fußballplatz gewollt. Ohne ihn würde seine Mannschaft im Revanchespiel gegen die Nachbarklasse bestimmt untergehen. Er schluckte. Alles nur wegen diesem dummen Eichhörnchen! Vorsichtig fuhr er sich mit der rechten Hand über die linke. Dort, wo ihn der Stock erwischt hatte, zeichnete sich ein dunkelroter Strich ab. Die Hand brannte und nur mit Mühe schaffte es Carl, nicht zu weinen. Diesen Triumph wollte er Mrs. Whimmer nicht gönnen. Schlimm genug, dass sie ihn erwischt hatte, aber bestimmt würde er nicht wie ein Mädchen heulen.

Mittlerweile hatte Mrs. Whimmer ein altes, speckiges Schulbuch in die Hand genommen und las der Klasse daraus vor. Der Schmerz in Carls Hand wollte einfach nicht abflauen. So sehr er sie auch massierte, der rote Strich wurde nur noch dunkler und das Pochen von Minute zu Minute schlimmer.

Es dauerte eine halbe Ewigkeit, bis der Gong ertönte und die Stunde beendet war. Der Klassenraum leerte sich schnell, und bald waren nur noch Mrs. Whimmer und Carl da.

Bei jedem anderen Lehrer hätte Carl die Hoffnung gehabt, dass nach fünf Minuten der Satz käme: „Das soll dir eine Lehre sein. Wir werden heute noch einmal Gnade vor Recht ergehen lassen. Beim nächsten Mal wirst du wirklich nachsitzen, aber jetzt sieh zu, dass du deine Sachen einpackst und verschwindest.“ Die meisten Lehrer hatten Besseres vor, als einem unaufmerksamen Schüler den Nachmittag zu verderben. Nicht aber Mrs. Whimmer.

Die Lehrerin baute sich vor Carl auf und sah auf ihn herunter. Nur wenn die Schüler saßen, war ihr das möglich, denn sie war sehr klein, höchstens einen Meter fünfzig. Der Rohrstock bewegte sich hin und her. Ein Metronom der Schmerzen, ein Pendel der Qual. Carl versuchte, sich auf Mrs. Whimmers Gesicht zu konzentrieren, aber sein Blick glitt immer wieder zu dem Rohrstock und folgte seinen Bewegungen.

„Wann wirst du es jemals lernen?“, fragte sie Carl. Er wusste genau, dass sie keine Antwort erwartete. Das war bei ihr immer so. Sie stellte den Schülern Fragen, ohne eine Antwort zu erwarten. Schuldbewusst schaute Carl auf den Holztisch. Meist klappte diese Büßermiene bei ihr am besten. Heute aber leider nicht. Der Stock vollführte eine blitzschnelle Bewegung und stoppte erst kurz unter Carls Kinn. Mit leichtem Druck zwang sie ihn, den Kopf zu heben und ihr in die Augen zu schauen. „Du willst mir also nicht antworten?“, fragte sie mit kalter Stimme. „Oder kannst du es nicht?“

Carls Kehle war wie zugeschnürt. Er brachte nur ein leises Krächzen heraus.

„Ts, ts, ts.” Mrs. Whimmer seufzte spöttisch. Wie ein Geier streckte sie ihren Kopf zu ihm hinunter. Carl roch ihren Atem, der nach Zwiebeln und Knoblauch stank. „Du wirst heute hundert Mal den Satz ‘Ich muss dem Unterricht folgen und darf mich nicht ablenken lassen’ schreiben. Und wenn ich auch nur einen Fehler finde, wirst du morgen wieder nachsitzen. Und dann wirst du diesen Satz zweihundertmal aufschreiben. Und dann dreihundertmal und so weiter und so weiter.“ Sie grinste ihn hämisch an. „Hast du das verstanden?“

Carl nickte.

Mrs. Whimmer reckte sich, sagte freudestrahlend „Wunderbar! Dann ran an die Arbeit!“ und ging zu ihrem Schreibtisch.

Carl angelte ein Heft aus seinem Schulranzen und begann den Satz aufzuschreiben. Obwohl er so schnell wie möglich fertig werden wollte, musste er Mrs. Whimmer unwillkürlich beobachten.

Sie kramte ihren Füllfederhalter aus einem Etui hervor. Mrs. Whimmer hatte einmal behauptet, er sei mindestens hundert Jahre alt. Er war ihr Lieblingsstück und mit diesem Stift korrigierte sie sämtliche Arbeiten. Auf ihrem Pult stand extra für diesen Füller eine kleine Glasflasche mit roter Tinte. Sie drehte den Verschluss des Tintenglases auf, tauchte die Füllerspitze vorsichtig hinein und saugte die rote Flüssigkeit in das Schreibgerät. Carl hatte den Eindruck, dass es für Mrs. Whimmer nichts Schöneres gab, als ihren Füller aufzufüllen. Mit verzücktem Lächeln schraubte sie die Flasche wieder zu und öffnete das erste Heft. Schon wenige Sekunden später trat der Füllhalter in Aktion. Wörter wurden durchgestrichen, Anmerkungen an den Rand geschrieben. Bei jedem Strich kratzte die Feder über das Papier und jagte Carl eine Gänsehaut über den Rücken. Er hasste dieses Geräusch. Mrs. Whimmer schien es gar nicht wahrzunehmen. Immer schneller ließ sie den Füller über die Seiten gleiten und das Schaben der Spitze wurde immer grässlicher.

Carl riss sich von dem Anblick los und starrte auf sein eigenes Heft. Er hatte gerade mal acht Sätze geschrieben. „Jetzt aber ran!“, dachte er. „Wenn die alte Schachtel so schnell schreiben kann, dann kann ich das doch erst recht.“ Doch das Kratzen und Scharren von Mrs. Whimmers Füllhalter machten es ihm unmöglich, sich auf diesen verdammten Satz zu konzentrieren. „Sei still!“, dachte er verzweifelt. „So sei doch endlich still!“

Kaum hatte er das gedacht, da verstummte der Füller. Carl traute seinen Ohren nicht und schielte zu seiner Lehrerin. Doch die hatte nicht aufgehört zu schreiben und schien die Stille gar nicht bemerkt zu haben. Plötzlich hielt sie inne und legte die Stirn in Falten. Sie hob den Füller und hielt die Spitze vor die Augen. Dann wanderte ihr Blick zu Carl und böse fauchte sie ihn an: „Was gibt es denn da zu glotzen? Bist du schon fertig? Nein, dann solltest du dich langsam beeilen, sonst lege ich noch mal hundert Sätze drauf!“

Carl zuckte zusammen. So schnell er konnte schrieb er Satz um Satz. Von Mrs. Whimmers kratzendem Füllfelderhalter hörte er nichts mehr. „Was für eine Wohltat“, dachte er. Jetzt, da das Geräusch nicht mehr da war, kam er viel schneller voran. Trotzdem schaffte er es nicht, sich auf das Schreiben zu konzentrieren. Wieso der Füller wohl aufgehört hatte zu kratzen? Ob es an seinem Wunsch gelegen hatte? Na, das ließ sich doch schnell testen! Verstohlen schaute er zu seiner Lehrerin und dachte: „Stich ihr in die Hand!“

Im selben Moment jagte ein gellender Schrei durch das Klassenzimmer. Mrs. Whimmer starrte wie eine Geistesgestörte auf das Unfassbare: In ihrem linken Handrücken steckte der Füllfederhalter, dessen Spitze sich tief in die Hand gebohrt hatte. An der gleichen Stelle, wo sie Carl mit dem Rohrstock erwischt hatte. Für einige Sekunden war sie versteinert. Dann durchzog sie ein Ruck, sie stöhnte leicht auf und riss in einer schnellen Bewegung den Füller heraus. Eine Blutfontäne spritze empor. Mrs. Whimmer presste die rechte Hand fest auf die Wunde. Ihr Gesicht war zu einer grotesken Fratze verzerrt. Erst jetzt schien sie der Anwesenheit von Carl wieder gewahr zu werden. Sie begriff, dass er sie die ganze Zeit beobachtet hatte. „Was gibt es da zu glotzen?“, kreischte sie schrill. „Hol mir gefälligst sofort ein Taschentuch aus der Schublade!“

Carl rannte zu ihr hinüber und kramte ein frisches Tuch aus der Schreibtischschublade. Sie riss es ihm aus der Hand und wickelte es um die Wunde.

Carl starrte auf den Schreibtisch. Alles war voller Blut und roter Tinte. Das Heft, das Mrs. Whimmer korrigiert hatte, wellte sich schon, so feucht war es geworden. Von dem Aufsatz war nichts mehr zu erkennen. Er lächelte. Endlich hatte Mrs. Whimmer einen Fehler begangen. Und er war Zeuge. Ach, das war ein herrliches Gefühl!

Mrs. Whimmer hatte sein Grinsen bemerkt. „So, das findest du wohl lustig? Na warte, ich werde dir schon noch Benehmen beibringen! Setz dich hin und schreibe weiter. Ich überlege mir in der Zwischenzeit, wie ich dich bestrafen werde. Aber du kannst dir sicher sein, dass mir etwas ganz Besonderes einfallen wird.“

Carl ging zu seinem Platz zurück und fuhr mit der Strafarbeit fort.

Mrs. Whimmer atmete noch einmal schwer ein. Dann hatte sie sich wieder gefangen und begann den Schreibtisch zu säubern. Als Letztes nahm sie den Füller vom Tisch. Ganz vorsichtig hielt sie ihn zwischen Daumen und Zeigefinger und tupfte die Tinte und das Blut ab. Dabei schüttelte sie leicht den Kopf. Sie verstand einfach nicht, wie so etwas passieren konnte.

Nach einer Weile erhob sie sich und durchschritt den Klassenraum. Sie baute sich hinter Carl auf und schaute über seine Schulter. Unwillkürlich machte er sich kleiner.

„Was ist denn das?“, brüllte sie. „Das kann ja kein Mensch lesen!“

Carl hielt inne und schaute sich die Seite an. Dort stand der Satz, immer und immer wieder. In seiner normalen Schrift. Und soweit er sehen konnte sogar fehlerfrei. „Ähm, Mrs. Whimmer, so schreibe ich doch immer“, sagte er leise.

„Schlimm genug“, erwiderte sie spöttisch. „Da sind wohl ein paar Nachhilfestunden von Nöten. Und die werde ich dir schon geben.

Die ganze nächste Woche, jeden Tag zwei Stunden. Bis du endlich gelernt hast, ordentlich zu schreiben." Damit setzte sie sich wieder in Bewegung und stapfte zu ihrem Pult zurück.

„Du verdammte Hexe!", dachte Carl. „Bloß weil du zu dumm bist, mit einem Füller umzugehen, soll ich eine Woche lang nachsitzen. Das ist nicht fair!" Er zitterte am ganzen Körper. Was sollte er seiner Mutter sagen? Die würde ihn in der Luft zerreißen. Er entschloss sich, in die Offensive zu gehen. „Das ist nicht gerecht", sagte er.

Mrs. Whimmer stockte der Atem. So etwas hatte es ja noch nie gegeben! Ein Schüler, der ihr widersprach! Was war denn heute nur für ein Tag? „Was hast du da gesagt?", herrschte sie ihn an.

„Ich sagte, das ist nicht gerecht. Und Sie wissen das ganz genau. Ich werde auch wegen dem verschmutzten Arbeitsheft nichts sagen! Versprochen!"

Mrs. Whimmers Augen weiteten sich. Sie öffnete den Mund wie ein Fisch und starrte Carl entgeistert an. Dann japste sie nach Luft und schrie mit schriller Stimme: „Für wen hältst du dich? Was soll mit dem Arbeitsheft denn sein? Hast du ein verschmutztes Arbeitsheft hier irgendwo gesehen?" Sie fixierte ihn und dann, urplötzlich, erschien ein böses Lächeln auf ihren Lippen. „Oder meinst du das Arbeitsheft, das du heute mit roter Tinte verschandelt hast?"

Carl zuckte zusammen. Schlagartig wurde ihm bewusst, dass er gegen Mrs. Whimmer keine Chance hatte. Wenn die Lehrerin sagte, er hätte es getan, dann würde ihm niemand glauben. Und er war sich sicher, dass Mrs. Whimmer davor nicht zurückschrecken würde. Verzweifelt suchte er nach einer Antwort, doch die Ausweglosigkeit seiner Lage wurde ihm so deutlich, dass er den Kopf senkte und leise sagte: „Nein, ich habe kein schmutziges Heft gesehen."

Mrs. Whimmer lächelte. „Natürlich nicht. Und jetzt mach weiter, ich habe schließlich nicht den ganzen Tag Zeit!"

Mit zittrigen Fingern setzte Carl seine Strafarbeit fort.

Mrs. Whimmer lehnte sich zurück und sah sehr zufrieden aus. Mehrere Minuten verharrte sie so auf ihrem Stuhl. Dann fischte sie sich ein Heft aus dem Stapel, ergriff den Füllfederhalter und begann, auch diese Arbeit zu korrigieren. Sie hatte gerade die erste Seitenhälfte erreicht, als sie einen merkwürdigen Druck in der Hand spürte. Sie hatte den Füller nicht mehr unter Kontrolle. Sie konnte ihn nicht mehr führen. Und es war ihr auch nicht möglich ihn loszulassen. So sehr sie sich auch anstrengte, der Füller machte einfach, was er wollte. Wie hypnotisiert sah sie, wie ihre Hand den Füller umklammerte und sich langsam auf sie zubewegte. Das war doch unmöglich! Was passierte da? Es fühlte sich an, als ob der Füller die Macht über ihren Körper übernommen hätte. Panik schoss in ihr hoch. Sie starrte auf die goldene Feder, in der sich ein Strahl der grellen Mittagssonne spiegelte. Immer höher fuhr die Hand und mit ihr der Füllfederhalter.

Sie blickte zu dem nichtsnutzigen Schüler und was sie sah, ließ ihr das Blut in den Adern gefrieren. Carl hatte sich auf seinem Stuhl zurückgelehnt. Mit einem bösen Lächeln schaute er sie an.

„Was passiert hier?“, krächzte sie mit überschlagender Stimme.

Carl zuckte mit den Schultern.

„Das bist du, nicht wahr? Du hast irgendetwas mit dem Füller angestellt!“

Carl zuckte mit den Schultern. „Vielleicht, vielleicht auch nicht. Und überhaupt: Welchen Füller meinen Sie eigentlich? Ich weiß nichts von einem Füller. Genauso wenig wie Sie etwas von einem schmutzigen Arbeitsheft wissen.“

Mrs. Whimmer schrie auf. „Hör auf damit! Hörst du? Das ist nicht lustig!“

Doch Carl rührte sich nicht.

Die Hand mit dem Füller schob sich unerbittlich gegen Mrs. Whimmers Gesicht.

„Wenn du nicht sofort damit aufhörst, werde ich dir eine Tracht Prügel verabreichen, dass du einen Monat lang nicht mehr sitzen kannst.“

Carls Gesicht wurde steinern. Dann sagte er leise: „Ts, ts, ts. Sie lernen es wohl niemals, Mrs. Whimmer.“

Der Füller verharrte vor ihrer Nase.

Carl stand auf, packte sein Heft und die anderen Sachen in seine Schultasche, schob den Stuhl an den Tisch und ging zur Tür. Er blickte noch einmal zu Mrs. Whimmer und verließ den Klassenraum.

Als die Tür ins Schloss fiel, zielte die Spitze genau auf das rechte Auge der Lehrerin.

Jörg Sprave

Der Füllhalter der Ekstase

Jahrelang schon hatte ich das Prachtstück in der verschlossenen Vitrine bewundert. Schwarz und schimmernd, mit goldenen Elementen. Eine leichte Patina verlieh dem Schreibinstrument eine geheimnisvolle Aura.

„Bitte, Opa", hatte ich damals oft gefragt, „lass mich doch heute meine Hausaufgaben mit deinem Füller schreiben. Er sieht sooo toll aus!"

Aber mein Großvater hatte stets abgelehnt. „Dieser Füller sollte nie, wirklich nie, zum Schreiben verwendet werden. Wer einmal damit geschrieben hat, der verändert sich für immer."

Ich hielt das alles für Quatsch und war nur noch neugieriger als zuvor. Aber sooft ich auch fragte – die Antwort war immer die gleiche.

Schließlich zog ich aus und begann mein Studium. Mit der Zeit verblasste meine Erinnerung an das schwarze, elegante Schreibgerät. Erst als mein Großvater starb und ich seine Wohnung ausräumen musste, fiel mir der Füller wieder ein. Er befand sich immer noch in der Vitrine. Mir war klar, dass er einiges wert war, und es gab noch andere Erben. Aber ich konnte nicht anders: In einem unbemerkten Moment ließ ich das Ding in meine Tasche gleiten.

Während der Fahrt nach Hause hatte ich das Gefühl, als würde der Füllhalter mir ein Loch in die Tasche brennen – so begierig war ich darauf, mit ihm zu schreiben. Dann saß ich endlich an meinem Schreibtisch, vor mir ein Stoß Papier. Ich wollte schon seit Wochen an einem Schreibwettbewerb teilnehmen und hatte mir auch schon einige Gedanken über den Plot gemacht. Jetzt griff ich zum Füllhalter meines Großvaters. Er lag schwer in der Hand, die glatte Oberfläche schmeichelte meinen Fingern. Ich drehte an der Kappe, mein Herz schlug schneller. Die goldene Feder glänzte verführerisch im Licht meiner Schreibtischlampe.

Ich setzte die Spitze der Feder auf das Blatt und dann geschah es. Wie von selbst setzte sich der Füller in Bewegung. Die Tinte floss auf das Papier, und meine Worte erschienen in einer tiefschwarzen, satten Farbe. Noch nie hatte ich ein solches Glücksgefühl erlebt. Es war einfach unbeschreiblich.

In dieser Nacht schrieb ich die vielleicht beste Geschichte meines Lebens. Meine Schrift war gestochen scharf und so sauber wie noch nie. Der Text war eindeutig eine Umsetzung meiner zuvor angedachten Story, aber so hatte ich niemals zuvor geschrieben. Keine Fehler, keine Durchstreichungen, nicht einmal ein Tintenklecks. Als ich gegen fünf Uhr früh den Füller aus der Hand legte, war ich zutiefst befriedigt.

Die nächsten Tage verbrachte ich mit Ausruhen und Gesprächen mit Freunden, denen ich die Story vorgelegt hatte. Sie konnten es nicht glauben! Die Kritik war so unbedeutend, dass ich die Geschichte genau so einreichte, wie ich sie geschrieben hatte. Sie wurde sofort angenommen, und man wollte mehr.

Beim zweiten Mal war das Erlebnis fast noch besser. Ich wusste, was kommen würde, und schon die Vorfreude war fantastisch. Das Wunder wiederholte sich, das Ergebnis übertraf die Erwartungen meiner Lektoren bei weitem. Ich wurde zum professionellen Autor.

Nach jeder durchschriebenen Nacht brauchte ich einige Tage der Ruhe, um wieder klar denken zu können. Aber nach einigen Monaten schaffte ich es nicht mehr, die nötigen Pausen einzuhalten. Die Gier nach der Ekstase des Schreibens war zu groß. Jetzt benutzte ich den Füllhalter jeden Tag. Man begann mir die Strapazen anzusehen. Ich verlor an Gewicht, unter meinen Augen bildeten sich dunkle Ringe. Mir war das egal. Ich dachte nur noch ans Schreiben und bemerkte nicht, dass sich die Qualität meiner Texte zunehmend verschlechterte.

Nach einem Jahr war es so weit gekommen, dass ich erst aufhörte zu schreiben, wenn ich vor Erschöpfung umfiel. Drei durchschriebene Tage und Nächte waren nicht außergewöhnlich. Mein körperlicher Zustand war erbärmlich. Längst machte ich mir nicht einmal mehr die Mühe, meine Werke einzureichen – der Inhalt war mir egal. Ich ging dazu über, beliebige Texte aus herumliegenden Büchern und Zeitungen abzuschreiben. Die Ekstase war nicht mehr so intensiv. Aber ohne den Füllhalter konnte ich es nicht aushalten. Wenn ich auch nur einige Stunden unterwegs war, zitterten meine Hände und mein Kopf schmerzte.

Als mir die Fürsorge meiner Eltern und Freude zu lästig wurde, schloss ich mich ein und ignorierte das Klopfen an der Tür. Am Telefon fand ich Entschuldigungen, die meinen Rückzuck erklären sollten. Nach einiger Zeit gab man mich auf, ich galt als Sonderling und krank. Nur noch selten störte man meine Ruhe.

Eines Tages wachte ich vor meinem Schreibtisch liegend auf. Das war nichts Ungewöhnliches, aber irgendetwas war anders. Es zog. Die Wohnungstür stand offen, jemand hatte sie einfach eingetreten. Ich sah mich um – in der verdreckten, mit Müll übersäten Wohnung gab es nicht viel zu stehlen. Mit einer Ausnahme ... der Füllhalter war verschwunden! Voller Panik machte ich mich auf die Suche. Aber so sehr ich auch auf dem Boden herumkroch und alle Möbel beiseite schob – den Füller fand ich nicht. Man hatte ihn mir gestohlen. Ich dachte nach. Natürlich – irgendein Verwandter oder Bekannter hatte ihn mitgenommen, vielleicht aus falsch verstandener Fürsorge heraus! Ich griff zum Telefon, ich bettelte, ich schimpfte, ich weinte. Vergebens – niemand wollte der Dieb gewesen sein. Es ging mir immer schlechter und ich fiel in ein benebeltes Delirium.

Als ich aufwachte, erstrahlte das Zimmer in einem hellen, unwirklichen Glanz. Meine verklebten Augen brauchten ein paar Sekunden, aber allmählich erkannte ich meinen Großvater inmitten einer leuchtenden Aura.

„Opa?“, krächzte ich.

„Ja, mein Junge, ich bin es“, sprach die Geistergestalt mit hohler Stimme. „Dein Leid hat mich hierher gerufen. Aber mir bleibt nur wenig Zeit. Du suchst meinen alten Füller, nicht wahr? Auch ich bin dem Zauber dieses Teufelsdings erlegen, aber deine Großmutter hat mich damals gerettet. Ihre Liebe hat mir die Kraft gegeben, die Hände von ihm zu lassen. Und nun ist es an mir, dich zu retten."

„Was kann ich tun? Ich brauche diesen Füller, sonst sterbe ich!", schrie ich.

„Nein, im Gegenteil: Wenn ich dir den Füllhalter zurückgebe, wirst du einen elenden Tod erleiden. Wenn du ihn mir überlässt, kannst du vielleicht gesund werden. Du musst dich entscheiden."

Ich zögerte. Nein, sterben wollte ich noch nicht! Und mein Großvater war mir als Geist erschienen ... ich spürte, er meinte es gut mit mir. Ich gab mir einen Ruck. „Dann nimm ihn fort von mir! Schnell!" Sofort bereute ich meine Worte, aber es war zu spät.

Mein Opa nickte ernst. „Gut, mein Junge. Aber sei gewarnt – du kannst die Zeit mit dem Füller niemals ungeschehen machen. Er wird für immer ein Teil von dir bleiben, so wie er auch ein Teil von mir geblieben ist." Mit diesen Worten verschwand mein Opa.

In den nächsten Wochen ging ich durch die Hölle. Ich durchlitt eine der schlimmsten Krankheiten meines Lebens, und ohne die Hilfe meiner Freunde wäre ich wahrscheinlich gestorben.

Heute bin ich halbwegs gesund, arbeite in einem Supermarkt. An Schreiben ist nicht zu denken, nie mehr. Für ein einfaches Leben jedoch reicht mein Einkommen, ich könnte durchaus zufrieden sein. Aber es vergeht kein Tag, keine Stunde, keine Minute, ohne dass ich an den Füllhalter denken muss. Wie flau, wie flach mein Leben geworden ist! Der Gedanke, den Rest meiner Tage so weiterleben zu müssen, ist unerträglich.

Ob es wirklich mein Opa war, der mir damals erschienen ist? Ich bin nicht sicher. Vielleicht habe ich das nur im Fieber geträumt und in Wahrheit hat jemand meinen Füller ganz einfach gestohlen. Ich habe nie aufgehört, jeden Tag bei ebay die Sparte „Füllhalter" zu durchkämmen, in der Hoffnung, das Objekt meiner Begierde zu finden. Ich weiß natürlich, dass der Füller mich wahrscheinlich umgebracht hätte. Aber ich würde alles, wirklich alles dafür geben, ihn nur noch ein einziges Mal in den Händen zu halten.

Madeleine Puljić

Der Richtspruch

Das Tor öffnete sich mit einem Knarzen und die Anwesenden drängten und stießen einander, um einen Blick auf die beiden Angeklagten zu erhaschen, die soeben hereingeführt wurden. Bleich und ungewaschen waren sie, sichtlich geschwächt; und doch konnte man die Entschlossenheit in ihren Augen glimmen sehen. Ein Raunen ging durch die Menge, Finger deuteten und Hälse reckten sich, als Ewald und sein Bruder Gregor auf der schweren Bank in der Mitte des Raumes Platz nahmen.

Äußerlich glichen die beiden einander fast aufs Haar. Während Gregor stur zu Boden starrte, ließ Ewald den Blick durch den Raum schweifen. Es schien, als hätte sich das gesamte Dorf versammelt, um der Urteilsverkündung beizuwohnen. Doch jeder, der Ewalds festen Blick auf sich gerichtet sah, erstarrte voller Unbehagen.

Augenblicklich trat Stille im Saal ein, als sich die kleine Tür an der Hinterwand öffnete und der Richter samt seinem Schreiber eintrat. Langsam schritt er auf sein Pult zu, nur das Rascheln seiner Robe und das Knarren der Dielen unter seinen Schritten waren zu hören. Er setzte sich und schlug das Buch auf, das auf dem Pult bereitlag. Wie eine Harpyie saß er dort, imposant, doch so furchteinflößend, dass die Zuschauer unwillkürlich versuchten, weiter von ihm fortzurücken.

Nach einer genau bemessenen Pause nahm er seine Schreibfeder auf zum Zeichen, dass der letzte Teil des Prozesses beginnen könne. Sodann begann der Schreiber, mit heiserer Stimme die Zusammenfassung der Protokolle vorzulesen.

Mord. Wie ein Gestank hing die Anklage in der Luft, verpestete Gedanken und Gemüter. Ein Wort nur – und doch würde es, einmal auf Papier geschrieben, die Hinrichtung eines Mannes zur Folge haben. Totschlag oder Unfall hingegen … Doch auf ein solches Urteil zu hoffen wäre töricht. Dieser Richter war nicht für seine Milde bekannt. Seit er vor vier Jahren die Feder, das Zeichen seines Amtes, von seinem Vorgänger überreicht bekommen hatte, hatte sie mehr Todesurteile als Freisprüche unterzeichnet.

Die Feder, die ein Symbol der Gerechtigkeit sein sollte, war zu einem Instrument des Grauens und der Furcht geworden.

Die blutige Nacht und die Tat lagen kaum eine Woche zurück, und die Ereignisse hatten sich Ewald ins Gedächtnis gebrannt.

Nach einem anstrengenden Tag waren sie in das einzige Gasthaus des Dorfes eingekehrt, um mit Freunden Karten zu spielen. Dass ein Unwetter aufgezogen war, bemerkten sie erst, als der Regen laut gegen die Fenster prasselte. Während die allgemeine Stimmung immer fröhlicher und ausgelassener wurde, schien Gregor immer nervöser und reizbarer. Ständig versuchte er, die Dunkelheit hinter den Fenstern zu durchdringen, warf ängstliche Blicke zur Tür und achtete kaum noch auf das Kartenspiel. Den Gesprächen folgte er nicht mehr, und als ein Freund ihn am Arm berührte, fuhr Gregor mit solchem Schwung herum, dass sein Glas am Boden zersplitterte.

Beim ersten Donnergrollen wurde er schlagartig bleich. Er sprang auf, ohne auf die besorgten Worte der Freunde zu reagieren, und eilte nach draußen. Ewald folgte seinem Bruder ins Freie und zog den Mantel enger um sich, als ihn eine jähe Böe traf. Der Regen peitschte ihm ins Gesicht und stach wie Nadeln in die Haut. Das Licht, das aus den Fenstern der Schenke fiel, schimmerte matt und kraftlos gegen die Finsternis an. Dort, wo es den Kampf gegen die Nacht verlor, konnte Ewald gerade noch zwei Schemen ausmachen, die auf eine seltsam lautlose Art miteinander rangen. Der Sturm übertönte jedes Geräusch, das die beiden verursachen mochten.

Ein Blitz zerriss die Nacht, und die Schemen gewannen Kontur. Gregor hielt eine schwarz gewandete Gestalt im Würgegriff. Doch der Gegner entwand sich, stürzte sich auf Gregor und drückte ihn zu Boden.

Ewald wollte seinem Bruder zu Hilfe eilen, doch der Regen hatte den Boden aufgeweicht, sodass er auf dem matschigen Pfad ausglitt und auf die beiden Kämpfer zuschlitterte.

Und plötzlich war da das Messer. Er konnte sich nicht erinnern, es gezogen zu haben. Oder es überhaupt bei sich gehabt zu haben. Und doch steckte es bis zum Griff in der Brust des Mannes in Schwarz, Blut quoll aus der Wunde und vermischte sich mit dem Wasser, das in Strömen vom Himmel fiel. All das Blut … Ewalds Magen krampfte zusammen, er wollte sich abwenden, aber dabei fiel sein Blick auf das Gesicht des Opfers. Die Kapuze war ihm vom Kopf gerutscht und enthüllte das fahle Antlitz des Nachbarsohns.

„Herr im Himmel, nein!" Ewalds Schrei war kaum mehr als ein Flüstern. Er kannte den Jungen ebenso gut wie dessen Vater, mit dem er eben noch am Tisch gesessen hatte. Entsetzt suchte er Halt bei seinem Bruder, doch Gregor kroch schluchzend auf allen vieren rückwärts von ihm fort. Nach ein paar Metern schlug er die Hände vor das Gesicht und stieß einen unmenschlichen Schrei aus. Dann waren da nur noch entsetztes Rufen und kräftige Hände, die ihn von dem Burschen wegzerrten.

Ewald wandte den Kopf und sah zu seinem Bruder. Das Gesicht war von Gram und Reue verzerrt. Er hatte das Messer nicht geführt, doch gab er sich die Schuld, hatte er doch den Jungen zuerst angegriffen. Und Ewald warf sich vor, dass es seine Hand gewesen war, die den Tod gebracht hatte.

Keiner der beiden würde zulassen, dass der andere die Tat gestand, und so hatten sie geschwiegen trotz der Befragungen, der Versprechungen, der Folter. Eine Bluttat war bereits zu viel, einen Verrat würden sie sich nicht aufbürden.

„Ich habe den Tod gesehen", hatte Gregor in der ersten Nacht erzählt, die sie in der Zelle verbracht hatten. „Ich hielt es für einen Traum, doch … Ich habe ihn gesehen, verstehst du? Er stand im Regen, ganz in Schwarz gehüllt, und zu seinen Füßen lag deine

Leiche. Und heute der Junge … Mein Gott, Ewald, was haben wir nur getan?“

Ewald hielt nichts von Wahrsagerei. Doch als er in jener Nacht in das Gesicht seines Bruders sah, dachte er an das Messer und schwieg. Seitdem sah auch er jede Nacht den Tod, sah ihn winken und ihm die knochige Hand entgegenstrecken. Und unter der Kapuze sah er die starren leeren Augen des Jungen.

Gebannt starrte Gregor vor sich hin. Ewald schaute zum Richter und sein Blick folgte dem Füllhalter, der langsam über dem Papier kreiste. Kein traditioneller Gänsekiel, sondern eines dieser schwarzen, neumodischen Schreibgeräte. Als Zeichen des Fortschrittes, begründete der Richter. Als Zeichen des Todes, munkelte das Volk.

Der Schreiber hatte seine Litanei endlich beendet und der Richter musterte die beiden Angeklagten. Kein Geständnis, keine Schuldzuweisung. So viele Zeugen und doch niemand, der sagen konnte, wer das Messer geführt hatte. Wies das Äußere der Brüder schon am Tage kaum Unterschiede auf, so waren diese in der Dunkelheit der Schreckensnacht völlig ausgemerzt worden.

Mit steinerner Miene setzte der Richter die Feder auf das Papier und schrieb: „Ewald und Georg Habermas, Mord.“ Besser einen Unschuldigen richten, als den Mörder laufen zu lassen.

Kaum war das Urteil verkündet, verwandelte sich die angespannte Stille in eine Kakophonie der Schadenfreude. Unter dem Jubel der Menge wurden die Brüder auf den Platz geführt, wo der Henker seine Kapuze tief ins Gesicht zog und das Beil aufnahm.

Pol Urbany

Der Schlüssel zur Erlösung

Paul saß an seinem Schreibtisch und starrte den Computerbildschirm an. Das Schreibprogramm war schon seit einer Viertelstunde geöffnet, doch er hatte noch immer kein Wort zustande gebracht. Das Weiß des unbeschriebenen Dokuments brannte in seinen Augen. Er blinzelte ein paarmal und rieb sich das Gesicht. Das Dokument verschwand und der Bildschirmschoner schaltete sich ein. Bunte Fische schwammen durch eine computergenerierte Unterwasserwelt. Paul stupste die Maus an. Das leere Weiß tauchte wieder auf. Doch sein Kopf war noch immer genauso leer wie das Dokument.

Obwohl erst achtzehn Jahre alt, hatte er vor fast einem Jahr seinen ersten Roman vollendet. Ein Prachtexemplar, wie er geglaubt hatte. Doch mittlerweile stapelten sich die Absagen. Kein Verlag hatte Interesse, seine Geschichte auch nur zu lesen.

Doch Paul ließ sich nicht entmutigen. In seinem zweiten Buch wollte er alles geben. Diesmal würde er es schaffen. In seinem Kopf schwirrten herrliche Geschichten. Aber er schaffte es nicht, sie aufs Papier zu bringen. Er konnte sich einfach nicht konzentrieren.

Paul seufzte. Er wusste doch ganz genau, woran das lag. Es war immer derselbe Grund. Es war Luc. Ein Junge, den er wie die Pest hasste, gleichzeitig aber über alle Maßen vergötterte.

Paul nahm einen Bleistift von der Tischplatte und drehte ihn zwischen den Fingern.

Tag für Tag nur ein Gedanke. Luc, Luc, Luc. Paul hatte keine ruhige Minute mehr.

Sie besuchten die gleiche Schule, und seit einiger Zeit hatte Luc eine Freundin. Das war der Todesstoß. Denn dies machte ein Zusammenkommen unmöglich.

Paul biss die Zähne zusammen und grub die Fingernägel in seinen Arm. Er wollte Schmerz spüren. Er wollte irgendetwas fühlen, was diese Leere vertreiben konnte.

Die Welt war so unfair. Dieses Mädchen war sich seines Glücks wahrscheinlich nicht mal bewusst. Für sie war das ja selbstverständlich. Wie für alle Mädchen.

Für ihn war es das nicht. Und das machte ihn krank. Er hätte Luc dafür umbringen können, dass er eine Freundin hatte. Und dieses miese kleine Ding, das sich ständig an ihm festsaugte, sowieso.

Es knackte und der Bleistift in Pauls Hand brach in der Mitte durch. Gleichgültig warf er die Stücke in den Papierkorb. Es ging einfach nicht. Solange dieser Junge in seinem Kopf herumspukte, war er nicht in der Lage, sich zu sammeln um zu schreiben. Was blieb ihm noch ohne das Schreiben? Paul spürte, wie ihm Tränen in die Augen schossen. Doch es war ihm gleich. Darauf kam es jetzt auch nicht mehr an.

Doch was …?

Paul hob den Kopf. Es roch nach Rauch. Er sah sich im Zimmer um. Kein Feuer zu sehen. Doch der Geruch wurde immer stärker. Paul öffnete das Fenster und streckte den Kopf hinaus. Die Nachtluft war kühl und roch nach feuchtem Laub. Im Raum war der Geruch noch stärker geworden. Stechend. Paul hustete und zog den Kragen seines Pullovers über Mund und Nase. Gestank nach faulen Eiern gesellte sich zu dem Brandgeruch. Es stank nach Schwefel. Nach Schwefel und Feuer.

Paul schrie auf und wich zurück. Genau in der Mitte seines Zimmers stieg eine bleistiftdünne Rauchsäule aus dem Boden empor und wuchs kerzengerade zur Decke hinauf. Dicht und gelb. Sie wurde immer dicker und begann sich um sich selbst zu drehen. Paul drückte seinen Rücken gegen die Wand. Er war starr vor Schreck. Die Rauchsäule drehte sich schneller und schneller, bis sie plötzlich mit einem reißenden Geräusch aufplatzte. Der Rauch dünnte aus und in seinem Zentrum wurde eine humanoide Gestalt sichtbar.

Der Gestank ebbte ab und ließ nur ein leichtes Stechen in der Nase zurück. Und als er sich komplett verzogen hatte, sah Paul, wer ihm da die Ehre eines nächtlichen Besuchs erwies. Es war ein Mann. Ein Mann, dessen gesamter Körper in einem kräftigen Rot leuchtete. Sein längliches Kinn zierte ein schwarzes Spitzbärtchen und auf seinem Kopf spross rabenschwarzes Haar. Zwei Hörner ragten daraus hervor. Der nackte Oberkörper des Mannes war dürr und seine Beine waren krumm und mit braunem Fell bewachsen. Die Füße wurden von zwei Hufen gebildet.

Der Mann grinste Paul an. „Hallo“, sagte er.

Paul stand der Mund sperrangelweit offen. „Wer ... Wer bist du?“

Der Rote legte sich die Hand auf die Brust. „Du fragst mich, wer ICH bin?“, fragte er ungläubig. Er schüttelte den Kopf und ging auf Paul zu. „Ich sehe“, sagte er, „da ist wohl eine Vorstellung vonnöten.“

Paul wich erschrocken zurück, als sich der Rote vor ihm aufstellte und nach seiner Hand griff.

„Gestatten, Luzifer.“

Die roten Finger mit den schwarzen Nägeln waren warm und fühlten sich weich an.

„Lu... Luzifer“, stammelte Paul.

„Ja. Oder Satan, Beelzebub. Was auch immer dir lieber ist.“

Der Teufel packte Paul bei der Hand und zerrte ihn zu dem kleinen Sofa. Er setzte sich neben ihn und schlug die Ziegenbeine übereinander.

„Ich weiß“, sagte er und zupfte an seinem Fell, „das ist nicht mehr ganz aktuell. Heutzutage sehen mich die Leute lieber als einfachen Mann mit schwarzem Mantel. Oder auch in der Gestalt einer schönen Frau. Doch das überlasse ich lieber meinem Cousin Succubus, der alten Transe. Aber genug davon. Du willst doch sicher wissen, warum ich hier bin?“ Der Teufel grinste. „Ganz einfach. Ich bin hier um dir zu helfen.“

Paul fand langsam seine Sprache wieder. „Du willst mir helfen?“

Der Teufel nickte. „Genau. Ich beobachte dich schon eine ganze Weile. Und je länger ich dich beobachtete, desto mehr keimte in mir das Gefühl auf, dir in dieser schweren Zeit beistehen zu müssen.“

„Was willst du denn tun?“, fragte Paul spöttisch. „Gibst du mir meine Fähigkeit zu schreiben wieder und dafür bekommst du dann meine Seele? Das kannst du vergessen.“

Der Teufel kicherte und legte den Arm um Paul. Paul krampfte sich zusammen. Er traute diesem Wesen nicht über den Weg.

„Nein“, sagte der Teufel, „das werde ich nicht tun. Ich könnte es, aber ich tue es nicht. Ich halte es lieber wie die Ärzte: Nicht die Symptome bekämpfen, sondern das Problem an der Wurzel packen!“ Er schlug kämpferisch mit der Faust durch die Luft.

„Woher weißt du …?“

„Ich bin der Teufel, mein Junge. Ich weiß über dich Bescheid. Ich weiß sogar von dieser einen Sache. Damals vor einem Jahr. Erinnerst du dich noch? Als du extra zwei Stunden gewartet hast und ihm dann gefolgt bist. Bis nach …Wo wohnt Luc noch mal?“

Paul biss die Zähne zusammen und seine Augen weiteten sich. Davon hatte er noch keiner Menschenseele erzählt. Und schlagartig waren die Erinnerungen wieder da. Durch diesen Zirkus war es ihm tatsächlich gelungen, für eine kurze Zeit all seine Probleme zu vergessen. Und nun stürzten sie mit neuer Kraft über ihm zusammen.

Er presste die Lippen aufeinander und verspürte die Kälte, die sich in seine Eingeweide bohrte.

„Oooch“, brummte der Teufel mitleidig und zog ein schmuddeliges Taschentuch hervor. Er hielt es Paul hin, doch dieser machte keine Anstalten es zu nehmen.

Der Teufel steckte es wieder ein und grinste. „Da guckst du, was?“ Er schlug Paul feixend aufs Knie. „Ich hab’s dir ja gesagt. Ich weiß alles über dich. Zu deinem Glück. Denn ich bin hier, um dein Problem zu lösen.“

„Wie?“, fragte Paul und zog die Nase hoch. Zum ersten Mal blickte er in die gelben Augen des Teufels. War das etwa ein kleiner Keim von Hoffnung, was er da spürte?

Die Augenbrauen des Teufels zogen sich zusammen. „Ich habe hier etwas für dich“, sagte er und hob die Hand. Eine Stichflamme zuckte aus der Handfläche und hinterließ ein rotes Stäbchen.

Als er es Paul hinhielt, bemerkte dieser, dass es sich um einen Füllfederhalter handelte. Instinktiv wollte er danach greifen, doch er zog die Hand wieder zurück. „Wir haben nichts ausgehandelt. Ich sehe ihn mir nur an.“

„Das ist dein gutes Recht.“

Paul nahm den Füller in die Hand. Er war schmucklos. An der Kappe befand sich ein goldener Stift, mit dem man ihn in eine Brusttasche einhaken konnte. Auf dem Stift befand sich ein runder Knopf, der das grinsende Antlitz des Teufels zeigte. Paul nahm die Kappe ab. Die Feder war schwarz.

„Und was soll ich damit?“

„Einen Roman schreiben.“

Paul steckte die Kappe wieder drauf. „Und das soll mein Problem lösen?“

„Das garantiere ich. Siehst du das Label?“ Der Teufel deutete auf sein Gesicht auf dem Füller. „Das steht für höchste Qualität. Ich werde dir erklären, was es mit dem Füller auf sich hat.“ Er nahm Paul den Füller aus der Hand und zog die Kappe ab. „Du wirst jetzt einen Roman schreiben.“ Er kritzelte mit der schwarzen Feder durch die Luft, als würde er schreiben. „Dass du deine Inspiration verloren hast, ist egal. Denn der Preis, der dich am Ende des Romans erwartet, wird Ansporn genug sein. Du wirst einen Roman schreiben, mit dir in der Hauptrolle. Was es für ein Roman ist, ist nebensächlich. Einzige Bedingung ist, dass du der Protagonist bist und dein Schätzchen ebenfalls eine tragende Rolle hat. Aber das Wichtigste ist das Ende.“

„Was ist damit?“, fragte Paul.

Der Teufel hielt ihm den Füller hin. „Es wird wahr werden.“

„Was?“, keuchte Paul und riss dem Teufel den Füller aus der Hand.

„Das Ende wird zur Wirklichkeit. Ganz gleich, was du schreibst. Du brauchst es also nur so zu drehen, dass ihr beide am Ende zusammenkommt“, erklärte der Teufel.

Pauls Herz raste. Er starrte den Füller an. Konnte es sein, dass seine sinnlosen Hoffnungen doch noch wahr werden konnten? Sollte dieses Schreibgerät wirklich der Schlüssel zur Erlösung sein?

„Und seine Freundin?“, fragte er.

„Bring sie um. Lass sie einfach sterben. Du kannst es geschehen lassen, wie du willst. Jetzt hast du die einmalige Gelegenheit, dich bei ihr für all die Zeit zu rächen, in der sie dir mit dem Glück vor der Nase herumgetanzt ist, das eigentlich dir zusteht.“

Paul starrte auf den Füller in seiner Hand. „Und was willst du dafür?“, fragte er leise. Als ob er es sich nicht schon denken könnte.

Der Teufel schien seine Gedanken zu erraten. Er lachte. „Mach dir da mal keine Sorgen. Deine Seele will ich nicht. Die kannst du behalten.“

„Und was willst du stattdessen?“

„Nichts. Ich habe beschlossen, dir den Füller zu schenken.“

Paul schenkte dem Teufel einen skeptischen Blick.

Der Teufel schnitt eine Grimasse und legte sich die Hand auf die Brust. „Wie bitte?“, sagte er gekränkt. „Da will man einmal etwas Gutes tun und dann wird man so zurückgewiesen. Auch in mir existiert eine gute Ader. Und du hast das seltene Glück, in ihren Genuss zu kommen.“

„Willst du mir ernsthaft sagen, dass du mir diesen Füller hier schenkst? Diesen Füller, durch den ich alle meine Probleme auf einen Schlag lösen kann? Und das ohne Gegenleistung?“

„Ja. Ich brauche keine Gegenleistung. Ich werde auch so meinen Spaß haben.“

Ernüchtert ließ Paul den Füller sinken. „Wie soll ich das verstehen?“

„Nun“, sagte der Teufel und wickelte die Spitze seines Schwanzes um den Zeigefinger, „wie bei allen Dingen im Leben gibt es auch hier einen klitzekleinen Haken. Du wirst mit Luc zusammen sein können, wenn du den Roman beendet hast. Und es wird genau so werden, wie du es dir in deinen schönsten Träumen ausmalst. Es wird jedoch nicht ewig währen."

„Wie lange?", fragte Paul resigniert.

„So lange wie du brauchst, um den Roman zu schreiben. In dem Moment, da du ihn beendest, wird das Ende Wirklichkeit. Aber ab diesem Zeitpunkt beginnt die Uhr zu ticken. Wenn du ein Jahr gebraucht hast, um den Roman zu schreiben, dann wird eure gemeinsame Zeit ein Jahr dauern, ehe alles wieder so wird wie vorher. Schreibst du zwei Jahre, dann dauert eure gemeinsame Zeit zwei Jahre."

„Und wenn ich den Roman schreibe und dann zwanzig Jahre warte, bis ich das Ende schreibe?"

Der Teufel grinste und erhob sich vom Sofa. Paul hatte angebissen.

„Dann dauert eure gemeinsame Zeit zwanzig Jahre. Doch die Frage ist: Willst du dich wirklich so lang gedulden? Du kannst natürlich auch fünfzig Jahre warten. Doch gib gut Acht, dass deinem kleinen Freund in der Zwischenzeit nichts zustößt. Und bedenke auch, dass er in diesem Fall bei eurer Zusammenkunft an die siebzig Jahre alt sein wird. Wenn du ihn lieber jung und knackig haben möchtest, dann schreib das Ende meinetwegen sofort, doch dann nutze die Zeit mit ihm lieber gut, denn sie wird nicht lange währen. Und versuch gar nicht erst, das Ende irgendwie so zu drehen, dass ihr trotzdem für immer zusammen sein werdet. Das Zeitlimit bleibt bestehen und ist fest mit deiner Lebenszeit verknüpft."

Paul schaute wütend zum Teufel hoch. „Ich wusste es", sagte er.

Der Teufel zuckte unschuldig mit den Achseln. „Wieso? Ich habe nichts Böses getan. Im Gegenteil."

„Durch deinen bescheuerten Füller leide ich jetzt noch mehr, als ich es ohnehin schon tue!", schrie Paul und sprang mit zornesrotem Gesicht auf. Er hätte auf der Stelle losheulen können.

Der Teufel warf lachend den Kopf zurück. „Und es wird mir eine Freude sein, dich dabei zu beobachten. Auf diese Weise bereitest du mir mehr Vergnügen, als es deine Seele jemals könnte."

„Hier. Nimm ihn zurück! Ich will ihn nicht.“ Paul hielt dem Teufel den Füller hin und versuchte, gegen seine Verzweiflung anzukämpfen.

Der Teufel machte jedoch keine Anstalten den Füllfederhalter zurückzunehmen. „Ich werde dich zu nichts zwingen. Ich lasse ihn dir einfach hier. Was du damit machst, ist deine Sache.“

„Ich werde ihn nicht benutzen.“

Der Teufel grinste und entblößte seine schneeweißen Zähne. „Du wirst ihn benutzen“, sagte er und lachte aus vollem Hals.

Eine gelbe Rauchwolke explodierte auf seiner Brusthöhe und verschluckte die rote Gestalt. Nichts wies mehr auf seinen Besuch hin.

„Mistkerl!“, fluchte Paul. Doch er erhielt keine Antwort.

Paul fand in dieser Nacht keinen Schlaf. Zweifellos wäre eine gemeinsame Zeit mit Luc das größte Glück, das er sich vorstellen konnte. Doch er wusste, dass es ihm nach dieser Zeit noch schlechter gehen würde. Und das für den Rest seines Lebens. Er würde den Füller nicht benutzen, doch das Wissen um die Möglichkeit, etwas an seiner Lage zu ändern, würde ihm helfen, über all das hinwegzukommen.

Zwei Jahre später verließ Luc die Stadt. Paul hatte keine Ahnung, wohin er gegangen war. Alle Versuche, etwas über den Jungen in Erfahrung zu bringen, schlugen fehl. Nicht einmal das Internet brachte brauchbare Ergebnisse zutage. Und so begann die Erinnerung an ihn langsam zu verblassen.

Paul litt von Tag zu Tag mehr. Er versuchte, Lucs Bild in seinem Kopf zu bewahren, doch konnte er sich kaum noch an sein Aussehen erinnern. Er wollte seine letzten Eindrücke konservieren, indem er ihn immer wieder zeichnete. Die Zeichnungen misslangen alle – er war kein sonderlich begabter Künstler. Und das setzte ihm sehr zu. Waren seine Gefühle doch noch immer so frisch wie am ersten Tag, als er Luc gesehen hatte. Pauls Lage verschlimmerte sich zusehends.

Endlich fasste er einen Entschluss. Drei Jahre nach dem Besuch des Teufels holte er den Füller hervor und begann zu schreiben. Er schrieb den Roman. Mit sich selbst als Protagonisten. Und er schrieb ihn so, dass er Luc im Laufe der Geschichte kennenlernte. Das Schreiben war Balsam für seine Seele. Er hatte nie auch nur ein Wort mit Luc gewechselt. Doch die Dialoge und Aktionen, die er nun verfasste, spielten sich so wirklich vor seinem geistigen Auge ab, dass ihm mehr als nur einmal beim Schreiben die Tränen kamen.

Der Füller schrieb mit einer schwarzen, dickflüssigen Tinte. Er ließ sich nicht aufschrauben, um nachgefüllt zu werden. Der Vorrat schien endlos zu sein. Auch ließ sich die Tinte nicht wieder löschen. Was mit ihr geschrieben wurde, war endgültig.

Paul schrieb zügig. Er wollte den Roman so schnell wie möglich fertig bekommen. Dass seine Schrift kaum zu lesen war, kümmerte ihn nicht. Er hatte auch nicht vor, das Werk zu veröffentlichen.

Durch das Schreiben kehrte die Erinnerung an Luc zurück. Nach ungefähr hundert Seiten erinnerte sich Paul sogar wieder an Lucs Stimme. Und wenn er die Augen schloss, konnte er ihn wie auf einem Foto in seiner Erinnerung betrachten.

Ein halbes Jahr später war er fast fertig. Doch Paul machte keine Anstalten, das Ende zu schreiben. Er schnürte den Stapel zusammen und verstaute ihn sicher in einem Schrank. Er war zufrieden mit seiner Arbeit. Solange dieses Manuskript existierte, würde auch die Erinnerung in seinem Kopf fortbestehen.

Die Jahre zogen vorbei. Doch Paul schrieb nicht weiter.

„Das hat noch Zeit“, sagte er sich immer wieder.

Diese Zeit dauerte lange an, sehr lange.

Paul war alt geworden. Doch er war immer noch im Besitz des Füllers. Er sah noch genauso aus wie am ersten Tag. Der Lack glänzte makellos und war an keiner Stelle beschädigt. Auch die unvollendete Geschichte hatte er noch.

Paul war jetzt achtundachtzig Jahre alt. Ein Greis. Ein einsamer Mann, der keine Liebe in seinem ganzen Leben gefunden hatte. Nicht ein einziges Mal.

Geschrieben hatte er nie mehr. Sein letztes Werk war die Geschichte von Luc. Und das sollte immer so bleiben.

Er war allein. Er hatte niemanden. Keine Freunde. Keine Verwandten mehr. Das Einzige an ihm, das noch so lebendig war wie eh und je, war dieses Verlangen nach Luc. Die Erinnerung an ihn war noch immer so frisch, wie sie es vor sechzig Jahren gewesen war. Er hatte sie sich in seinem Herzen bewahrt und nichts anderes dazugelassen. Sein ganzes Leben lang.

Wenn Paul die Augen schloss, sah er Luc noch immer genau so vor sich wie damals. Er erinnerte sich an alles. Sein Aussehen. Seine Stimme. Sogar seinen Geruch, den er immer begierig eingesogen hatte, wenn er ihn im Gedränge mal wieder absichtlich angerempelt hatte, war noch immer so präsent wie alles andere.

Es gab nur eines, das ihn immer wieder in die Verzweiflung trieb: diese Ungewissheit. Lebte Luc noch? Oder war er schon seit Jahren tot? Diese Gedanken waren kaum zu ertragen. Das Liebste auf Erden zu verlieren und es nicht zu wissen.

Endlich spürte Paul, dass es mit ihm zu Ende ging. Er lag in seiner kleinen Wohnung im Bett, das Manuskript und den Füller neben sich auf dem Nachttisch. Er war müde. So unendlich müde. Wie gerne hätte er ein erfülltes Leben genossen. Doch es war ihm einfach nicht gelungen, Luc zu vergessen. Der Gedanke an die nahe Erlösung tröstete ihn. All das würde gleich ein Ende haben.

Es zischte und begann nach Schwefel zu riechen. Paul beobachtete lächelnd, wie eine gelbe Rauchwolke in der Mitte des Zimmers aufstieg. Endlich! Er hatte gewusst, dass er kommen würde. Wie erwartet, erschien der Teufel in der Mitte des Zimmers. Genau wie damals. Und er hatte sich keinen Deut verändert. Die Hörner. Die Ziegenbeine. Alles war da.

„Hallo Paul“, flötete der Teufel und stakste mit seinen Hufen auf das Bett zu. „Wie geht es uns denn heute?“

Paul verzog den Mund zu einem müden Lächeln. „Sehr gut.“

Der Teufel nahm auf der Bettkante Platz. „Lügner“, sagte er. „Gut kann es dir auf keinen Fall gehen.“

„Und doch ist es so.“

Der Teufel zog die Augenbrauen hoch. Dann fiel sein Blick auf das Manuskript. Er nahm es in die Hand und blätterte es durch.

„Alle Achtung. Da hast du dir ja echt Mühe gegeben. Aber wie es aussieht, hattest du wohl nicht den Mut, es zu Ende zu schreiben. Obwohl du es ruhig hättest tun können. Wenn du es vor zwanzig Jahren getan hättest, dann hättest du bis zu deinem Tod mit ihm zusammen sein können. Aber du hast es nicht getan." Der Teufel beugte sich vor. „Wieso nicht? Sind dir Äußerlichkeiten so wichtig? Hast du ihn wirklich geliebt? Wenn es so ist, wieso wolltest du ihn nicht mehr, als er bereits alt war?"

Paul blickte auf seine Bettdecke hinab. Noch immer mit einem Lächeln auf den Lippen.

Der Teufel registrierte es nicht. „Na ja", sagte er und strich sich durchs Haar, „ich kann's dir eigentlich nicht verdenken. Ich meine, den ersten Kuss von einem Menschen zu bekommen, der an die siebzig ist, hat schon etwas Abartiges. Dass du daher lieber auf ihn verzichtet hast, kann ich schon irgendwie verstehen."

Paul hob den Kopf und sah dem Teufel schweigend in die Augen.

„Na ja", sagte dieser gleichgültig, „ich würde sagen, in dieser Sache hat keiner gewonnen. Du hast deinen Geliebten nicht bekommen, und ich hatte nicht das Vergnügen, dich verzweifeln zu sehen, wenn du ihn wieder verlierst."

Er streckte Paul seine rote Hand hin. Doch Paul ergriff sie nicht.

„Du irrst dich", sagte er. Seine Stimme hörte sich fremd an in seinen eigenen Ohren. Er wartete jetzt schon über ein halbes Jahrhundert darauf, diese Worte endlich aussprechen zu können. Und nun, da es endlich so weit war, fühlte es sich sehr komisch an.

Der Teufel zog seine Hand zurück. „Wie meinst du das?"

„Hast du das Ende gelesen?"

„Das Ende? Du hast doch eins geschrieben?"

„Heute Morgen."

Der Teufel ließ seinen Blick eine Weile auf Paul ruhen. Dann griff er wieder nach dem Manuskript und schlug die letzte Seite auf.

„Lies vor", sagte Paul.

Die Lippen des Teufels verzogen sich zu einem genüsslichen Lächeln. Er heftete den Blick auf die letzten Zeilen und las vor: „Paul und Luc saßen einander gegenüber. Nicht alt. In der Blüte ihrer Jugend. Genau wie zu der Zeit, als alles angefangen hatte. Ein jeder von ihnen einen Becher in der Hand. Gefüllt mit Gift. Sie sahen einander in die Augen. Dann lächelten sie und prosteten einander zu. Sie setzten die Becher an die Lippen und tranken sie leer. Nicht lange danach zeigte das Gift seine Wirkung. Sie starben gleichzeitig. Seite an Seite. Durch den Tod getrennt. Doch diese Trennung sollte nicht lange währen. Sie trafen sich wieder. Kaum eine Minute später. Auf der anderen Seite. Die Sonne stand hoch am Himmel und die Luft roch rein und frisch. Die beiden standen einander gegenüber und lächelten. Die größte Hürde hatten sie überwunden. Sie waren zusammen. Für immer."

Der Teufel ließ das Manuskript sinken. „Ich verstehe das Ende nicht", sagte er mit hängenden Mundwinkeln.

„Ach ja?"

Der Blick des Teufels fiel auf Pauls Hand. Er hielt einen Becher fest umklammert.

„Was machst du da?", rief der Teufel.

Doch es war zu spät. Paul hatte den Becher mit einem Zug geleert. Er ließ ihn fallen. Der Becher rollte von der Bettkante und fiel scheppernd zu Boden.

Der Teufel sprang auf. „Was soll das? Was erwartest du dir davon?", schrie er zornig.

Paul grinste ihn an. In seinem Gesicht der verwegene Ausdruck eines Achtzehnjährigen. „Das Zeitlimit bleibt bestehen und ist fest an meine Lebenszeit geknüpft", sagte er. „Das waren deine Worte. Erinnerst du dich noch daran?" Er spürte, wie sich das Gift in seinem Körper ausbreitete. Seine Ohren begannen zu rauschen und ihm wurde schwindelig. „Also habe ich beschlossen, das Ende auf mein Leben nach dem Tod auszudehnen. Um deiner kleinen Klausel ihren bitteren Nachgeschmack zu nehmen."

Der Teufel schäumte vor Wut. Flammen stoben aus seinem Mund. Er packte den roten Füller und schleuderte ihn gegen Pauls Hand, wo die Feder in die alte, geäderte Haut einstach. Blut tropfte auf die Bettdecke. Doch Paul kümmerte es nicht mehr. Sein ganzer Körper war bereits taub.

„Bist du wirklich so dumm?", schrie der Teufel. „Bist du wirklich so töricht, dein Schicksal in die Hände irgendeines Aberglaubens zu legen, ohne zu wissen, ob es ein Leben nach dem Tod überhaupt gibt?"

Paul lächelte. „Wieso? Dich gibt es doch auch!"

Und das waren seine letzten Worte.

Nina Ladique

Die verborgene Kammer

Man behandelt mich sehr gut hier, dieses Maß an Fürsorge und Aufmerksamkeit ist mir nie zuvor in meinem inzwischen fast sechs Jahrzehnte umfassenden Leben zuteil geworden. Zudem die Bequemlichkeit: mein Essen wird gekocht, Medikamente gereicht, Wäsche gewaschen, das zugegebenermaßen kleine Zimmer ist hell, und verschiedenste Personen, die ernste Gesichter machen, wollen sich regelmäßig auf recht anregende und akademische Weise mit mir unterhalten. Irgendwann werde ich auch meine zwei Finger an der linken Hand wieder bewegen können, hat man mir versichert.

Endlich angekommen. Meine Mutter hatte mir ein kleines Haus in den Dünen von Norderney vererbt. Das kleine Haus duckte sich zwischen Strandhafer und Sanddornbüschen in einer flachen Mulde, die direkt auf das Meer hinaussah. Vom oberen Stockwerk aus, welches lediglich das Schlafzimmer mit einem großen, dreieckigen Fenster vom Boden bis zum Dachfirst beherbergte, konnte man über Dünen, Strand und Meer blicken. Schon als Kind liebte ich diesen Raum. Vor dem Fenster befand sich eine Heizung mit einer breiten, graumelierten Marmorplatte darauf; und wie viele Stunden ich hier mollig mit Decken und Kissen eingekuschelt in das Meer und die Wolken geträumt habe, weiß allein der Himmel und der Lichtstrahl des Leuchtturmes, der in regelmäßigen Abständen über das nachtschwarze Meer glitt. Immer und egal wo, überall habe ich später das Lachen der Möwen vermisst. Der Raum war von meiner Mutter perfekt friesisch eingerichtet, ein flauschig weißer Teppich, ein weißes Bett mit Pfosten aus Holz, die Tapete in hellblauen Streifen gehalten, mit Sand befüllte Muscheln auf weiß bemalten Holzbalken und viele blaue Kerzen auf dem kleinen Beistelltisch. Das Schönste aber war der große, knarrende Schaukelstuhl am Fenster, in welchem schon Olivia, meine Großmutter, weltverändernde Dinge gedacht haben mag.

Die ganze Fahrt über hatte mich die Aussicht auf diesen Moment aufrecht gehalten: in den Schaukelstuhl zu sinken, die Kerzen anzuzünden, die Decke über die Beine zu legen und in die Dünen und das Meer zu schauen. Das würde ich tagelang tun und dann endlich den eigentlichen Grund der Reise anpacken. Dieser befand sich vorerst gut verborgen in einem meiner beiden Koffer. Bei Auflösung der Wohnung meiner Mutter hatte ich eine verschlossene Kassette gefunden und diese wollte ich hier öffnen, ich hoffte, dass der plötzliche und seltsame Tod meiner Mutter dadurch begreifbarer werden würde und überhaupt wollte ich hier über sie nachdenken und sie in die Ewigkeit entlassen. Aber dies war nicht der einzige Grund für meine Flucht hierher. Schon seit längerer Zeit litt ich an einer Schreibblockade; mein Lebensunterhalt war ernsthaft gefährdet, denn kein Essay, keine Kurzgeschichte, geschweige denn mein vollmundig angekündigter Roman – nichts wollte freiwillig aus meiner Feder fließen. Dies alles sollte sich nun hier lösen und das tat es auch, wenn auch ganz anders als beabsichtigt.

Die Reise hierher war nicht einfach gewesen; ich lebe in Köln und viereinhalb Stunden Bahnfahrt mit Umsteigen und Aufenthalten auf fremden Bahnhöfen, Gedränge regennasser Körper, Zigaretten- und Bratwurstgeruch in einem Steh-Café, in das ich Zuflucht gesucht hatte, regten mich einfach furchtbar auf. Zudem keine Gelegenheit unterwegs, meine Hände unter hygienischen Umständen oft genug waschen zu können. Der Tag hatte sowieso schon nicht gut angefangen: ich erwachte mit Kopfschmerzen, das Kofferpacken machte mich nervös, sodass ich schon um neun Uhr morgens meine erste Tablette nahm. Eigentlich durfte ich nur zwei pro Tag nehmen, aber wenn schon morgens eine fällig war, ging es nicht unter drei, wenn es gut lief, vier bis fünf, wenn es schlecht lief.

Zwei Koffer zerrte ich also abends aus dem Taxi und schleppte sie müde in das Haus. Der Frühling versuchte gerade den Winter zu vertreiben, es war windig und die Sandkörner brannten auf meinem

Gesicht. Endlich angekommen. Den Koffer mit meinen Kleidungsstücken packte ich sofort aus, hängte Blusen, Twin-Sets und lange Hosen sorgfältig auf Bügel, meine Schuhe kamen je zwei Paare vis-a-vis in den Windfang und den Instant Kaffee stellte ich in die Speisekammer ebenso wie die Konservendosen, die ich für die ersten Tage mitgenommen hatte. Zwei Rotweinflaschen ordnete ich in der Küche zwischen die Gewürze in einer Reihe auf dem Fensterbrett an. Die Verlockung war groß: natürlich tönte die Stimme von Mutter in meinem Hinterkopf: „Kein Alkohol zu den Tabletten", aber heute war ein ganz besonderer Tag und Mutter war endlich weit weg. Die Flasche war schnell entkorkt, ich nahm sie mit nach oben, setzte mich in den Schaukelstuhl, zündete die Kerzen an, legte die Decke über meine Beine und griff nach der Kassette. Eigentlich hatte ich mir vorgenommen, sie erst nach einigen Tagen, in denen mich die Meeresluft und die Ruhe gestärkt haben würden, zu öffnen, aber nun dachte ich plötzlich, jetzt und nur jetzt sei der richtige Moment. Es brauchte den Einsatz des Flaschenöffners sowie mehrerer Haarnadeln, bis ich das Schloss geknackt hatte. Ich hob den Deckel und war schwer enttäuscht. Ein altertümlich aussehender Füllfederhalter kullerte mir entgegen; des Weiteren befand sich ein Brief, geschrieben von der Hand meiner Mutter, gerichtet an ihre Schwester Hanna in der Kassette. Sonst nichts. Vorsichtig betrachtete ich den Füller. Er war wunderschön, anthrazitfarben, mit goldener Feder und zwei goldenen Ringen in der Mitte und an der Tülle. Er war sehr oft benutzt worden, denn die Feder hatte einen leichten Schwung nach links. Eine Linkshänderin also hatte diesem Füller seinen unverwechselbaren Stempel aufgedrückt. Den schwachen Abdruck einer Fingerkuppe konnte man ebenfalls noch kurz oberhalb der Feder entdecken. Der Brief war kurz und unvollendet:

Liebe Hanna,

immer warst Du die beste aller Schwestern, die es nur geben kann. Du kennst alle meine Geheimnisse und ich weiß sie bei Dir gut aufgehoben. Vor allem mein schlimmstes, aber ich glaube, es wird nicht mehr lange verborgen – nein, ich weiß, ich sehe, dass es bald an das Licht kommen wird. Es ist genau wie damals, der quälend lange Prozess, bis Gwen endlich geboren war. Du weißt, ich liebe sie so sehr, sie ist alles, was mir von ihm geblieben ist. Sie und sein Füllfederhalter. Georg hat immer zu mir gesagt: Wir haben keine Gegenwart, keine Zukunft, aber ein Ende haben wir.

Seines liegt nun schon so lange zurück, aber nie konnte ich wirklich ohne ihn leben. Wir drei haben schön dichtgehalten; keiner hat es jemals erfahren: unsere Eltern nicht, unsere Ehemänner nicht, Gwen selber sowieso nicht. Heute bin ich alt und die Bürde wird immer schwerer zu tragen. Mir war immer klar, dass ein Kind von Bruder und Schwester nicht gesund sein muss, dennoch habe ich es all die Zeit gehofft.

Die ersten Anzeichen habe ich immer wieder verdrängt. Dieses arme kleine, durchsichtige, nervöse Ding. Immer schwammen Tränen in ihren Augen, ihre Phantasie war gleichermaßen beeindruckend wie beängstigend. Weißt Du noch, wie sie damals das Feuer in der Scheune entfachte? Ich wollte es für ein Versehen halten, aber ich hätte es wissen müssen, als ich ihren Blick sah. Oder als sie anfing, ihre Umwelt mit den Weisheiten des Opus Dei erretten zu wollen? Reinheit und Reinlichkeit, aufgeschruppte Haut an Händen, am Körper und im Gesicht. Bis zur Transparenz durchgescheuert. Ich gebe zu, ich habe die Augen zugemacht. Gerne zugemacht. Sie war als Autorin erfolgreich, so sagte sie, ich dachte: Gott sei Dank, sie führt ein normales Leben. Aber weißt Du, dass sie eben dies nicht tut? Nein, Du kannst es nicht wissen, da ich es nicht fertig gebracht habe auszusprechen: Sie hat nie etwas veröffentlicht. Finanziell unterstützt habe ich sie all die Jahre. Schön inszeniert. Sie rief an, hat von ihrem Erfolg erzählt, dass ihr neues Buch angenommen wurde und ich habe einen angemessenen Scheck geschickt.

In letzter Zeit höre ich wenig von ihr und ich habe Angst und bin so müde. Verzeih mir, aber ich kann dem nicht weiter zusehen, ich möchte nicht erleben, wie sie ... (die Schrift wurde immer undeutlicher) Das ist feige, ja, aber ich kann nicht anders. Die verborgene Kammer ist bereits geöffnet und eine der zwei ...

Hier brach der Brief ab. Ich versuchte meine verkrampften Hände von dem Brief zu lösen, meine versteinerten Gesichtszüge zu bewegen, mein Hals war stocksteif, und hätte man mit einer Nadel in meine Haut gestochen – es wäre nicht ein Tropfen Blut geflossen. Mich fröstelte trotz Decke und Kissen. Nein, das konnte nicht Wirklichkeit sein. Es konnte sich nur um einen unverzeihlichen Irrtum von Mutter handeln. Ich starrte weiter auf diese Seite Papier und hörte plötzlich eine leise Musik von einem Grammophon, weit, weit entfernt und sah in einem fernen Nebel ein Paar, das sich in einer Scheune im Stroh wälzte, ich erkannte Mutter und endlich auch den Mann.

Irgendwann war ich wohl kurz eingeschlafen. Aber dieser Schlaf hatte keine Verbesserung meiner Verfassung mit sich gebracht: beängstigende Bilder erschienen vor meinem Auge. Buchstaben gleißten irrlichternd durch meinen Kopf. Der Brief brannte in meiner Hand. Ich sah die Schatten an der Wand, jemanden, der versuchte die Treppe heraufzukommen, das Fenster war offen, ich sah das Meer, schwarz und aufgewühlt. Ich griff nach dem Füller, nahm den brennenden Brief, schmiss meinen zweiten Koffer die Treppe hinab, rannte hinaus, ich war vollkommen außer Atem, immer noch den brennenden Brief in der Hand. Auf der Terrasse baute ich den Scheiterhaufen der Gescheiterten, den Brief zuunterst und alle meine unveröffentlichten Essays, Romane, alle meine Texte schichtete ich darüber. Der ganze Betrug brannte, loderte, dass es eine Freude war. Ich lachte, ich tanzte, ich lachte und tanzte.

Den Rest las ich später im Polizeibericht. Nachbarn hatten Feuer bemerkt, waren herübergekommen und fanden eine hilflose Frau, (Gwendolin B. aus Köln, 59, arbeitslos) barfuß und im Nachthemd vor, die Arme voll Papier in ein Feuer auf ihrer Terrasse warf und sich nicht beruhigen ließ. Bei dem Versuch, ihr einen länglichen

Gegenstand aus der linken Hand zu entfernen, brach man ihr zwei Finger. Das Haus konnte nicht mehr gerettet werden, es brannte bis auf die Grundmauern nieder.

Nun ja, seitdem lebe ich hier. Wie gesagt, recht gut. Hinter das zweite Geheimnis meiner Mutter bin ich durch Zufall gekommen: Der Füller, den ich nie wieder aus den Augen gelassen habe, fiel mir vom Tisch. So etwas passiert alle Tage, oder? Als ich ihn aufhob, war er am zweiten Ring auseinandergefallen und da entdeckte ich sie: die verborgene Kammer. Aus ihr rollte mir eine Kapsel entgegen. Wie hatte mein Vater gesagt: keine Gegenwart, keine Zukunft aber ein Ende ist möglich.

M. Gregory Pärm

Wir sind die Toten der Nacht

Gott wird mich dafür bestrafen, dass ich das brach, was die Spanier „El silencio de los muertos“ nennen. Das Schweigen der Toten. Mit meinem eigenen Blut störte ich ihre Ruhe, und nun bin ich selbst ruhelos und für immer verloren im Reich zwischen Dämmerung und Schatten.

Fiora trug ein rotes Kleid.

Als ich sie zum ersten Mal sah, saß sie am Tresen einer Bar auf der Plaza de la Merced in Málaga und blickte mich über ein Glas Rotwein hinweg an. Heute weiß ich, dass sie mich von Anfang an auserkoren hatte. Sie war schon immer mein blutroter Schatten gewesen, lange bevor ich sie kennenlernte. Heute weiß ich auch, dass alle meine Schatten blutrot sind und mich für immer begleiten werden wie ein eiskalter Feuerhauch.

Auch Fiora wird immer da sein. Am Tag und in schlaflosen Nächten. In schlaflosen Ewigkeiten wird sie mir ihren Geist einhauchen, der über den Wassern schwebt wie der Wind des Meeres, der in Málaga mit seinem salzigen Atem über die Fische streift.

Wir redeten kurz miteinander. Über belanglose Dinge. Ihr Blick sprach zu mir. Ihre schwarzen Augen in dem schneeweißen Gesicht, das aussah, als wäre es vollkommen blutleer. Eingerahmt von ihrem fließenden schwarzen Haar zog sie mich in ihren Bann. Ich wusste vom ersten Moment an, dass ich alles für sie tun würde.

Wir gingen in ein Hotelzimmer. Ihre Haut war weich. Weiß und kühl. Sie schmeckte salzig. Die Nacht war heiß, die Glut des vergangenen Tages lag noch in der Luft, während wir uns liebten. Ihre Fingernägel bohrten sich in mein Fleisch, während ihre Schenkel mich gefangen hielten. Es war, als würden kleine Splitter aus Eis in meine Haut eindringen. Trotzdem war es ein berauschender Liebesakt. Ihre Arme, ihr Haar und ihr Stöhnen umfingen mich wie ein Fischernetz.

Ich fühlte mich gleichermaßen verloren und geborgen. Ihre heißfeuchte Weiblichkeit hielt mich umklammert. Ihre Venuslippen zogen mich in ihren Körper, ergriffen von mir Besitz und schienen mich verschlingen zu wollen. Ich verlor mich in meiner Leidenschaft, und erst viel später – zu spät – erkannte ich, dass sie nicht atmete, als sie kam.

Wir tränkten die Laken mit unserer lustvollen Gier. Dann versetzte Fiora mich in einen rauschhaften Schlaf. Mir schwanden die Sinne, während ich noch spürte, wie sie mir einige Worte zuhauchte.

Heute erzittere ich, wenn ich an ihre eiskalte Stimme denke und an das, was sie zu mir sagte.

Als ich erwachte, war sie weg. Ich war nackt und fühlte mich erschöpft. Ich hatte nur wenig Schlaf gefunden. Draußen wurde es gerade Morgen. Die Sonne stand über dem Horizont und legte die Bucht vor dem Hotel in ein Zwielicht aus Nacht und Tag, das nichts von dem freundlichen Licht des Südens an sich hatte. Die Luft war kühl, es wehte ein leichter Wind. Ich trat auf den Balkon und atmete durch. Der Atem brachte mir keine Erfrischung. Ich kehrte ins Zimmer zurück, um mir starken schwarzen Kaffee zu bestellen.

Fiora hatte mir eine Nachricht hinterlassen: *Mi sangre es dentro de ti. – Mein Blut ist in dir.*

Darunter stand eine Adresse in Málaga. Und ein Name: *Arturo.*

Neben dem lavendelfarbenen Notizzettel hatte sie ihren Füllfederhalter vergessen. Ich setzte mich an den kleinen Schreibtisch und nahm den Federhalter, um mir zu notieren, dass es sich um eine Nachricht von Fiora handelte. Ich schrieb ihren Namen auf das Blatt und umrahmte ihn.

Darunter schrieb ich: *Escribe mi maldición en su carne.*

Ich legte den Federhalter weg und lehnte mich zurück. Dem leichten Kupfergeruch, der in der Luft lag, nachdem ich diese Worte geschrieben hatte, schenkte ich keine Beachtung. Auch nicht dem leichten Schmerz auf meiner Brust. Ich überlegte, ob ich die Adresse aufsuchen sollte. Vielleicht würde ich dort Fiora wieder begegnen. Aber wer war Arturo? Und warum schrieb sie mir seinen Namen auf? Ich nahm mir vor, im Laufe des Nachmittags einen kleinen Spaziergang durch Málaga zu machen und zu sehen, was passierte.

Ich bestellte Kaffee und Rühreier und ging ins Bad. Da sah ich zum ersten Mal die Wunde über meinem Herzen. Es war nur ein kleiner Einstich. Als hätte man mir Blut abgenommen. Ich dachte an Fioras spitze Fingernägel und an die Art, wie sich mich an sich gedrückt hatte. Die Erinnerung an die Nacht mit ihr erfüllte mich mit einem sehnsuchtsvollen Gefühl. Es war, als wäre ein Teil von mir herausgerissen worden. Ich blickte in meine blauen Augen im Spiegel und dachte an die Eissplitter, die ich in Fioras Augen gesehen hatte. Es waren die kleinen funkelnden Sternenlichter gewesen, die sich darin gespiegelt hatten. Heute weiß ich, dass jeder Splitter ein Stich in meinem Fleisch war.

Ich wusch mich, zog mich an, frühstückte lustlos und brach auf. Den Zettel steckte ich ein. Den Füllfederhalter auch.

Eine Zeit lang irrte ich durch die Straßen der fremden andalusischen Stadt. Sie kam mir vor wie die Kulisse eines Films. Ich hatte keinen Blick für die Sehenswürdigkeiten. Gedankenverloren ging ich an La Alcazaba vorbei, dem Palast der maurischen Könige. Ich bin Maler, ich war in Málaga, um das Geburtshaus Picassos zu sehen. Nun war es aber eine salzige Muschel, der meine ganze Aufmerksamkeit gehörte. In meinen Gedanken war ich noch immer verloren im berauschenden Ritt mit Fiora. Ich roch den Duft ihrer Venusmuschel, salzig, aber doch auch süß. Wie ein Tapa aus Feigen und rohem Schinken. Eine kostenlose Vorspeise zum blutigen Trunk. Ich dachte an ihre harten Brustwarzen, die wie Rosinen waren. Ihr Schweiß war wie süßer Muskatella-Wein. Fast wie Blut.

Ich wusste nicht, wohin ich ging. Fast hätte ich den Hund getreten, der vor meinen Füßen schon einige Zeit herumtollte. Er war wohl auf der Suche nach etwas zu fressen. Ich sah ihm mitleidig zu. Gerne hätte ich ihm etwas gegeben, aber ich hatte selbst nichts. Natürlich wusste ich noch nicht, dass ich zu seiner Art gehörte. Ihm war der

Gedanke an Essen genauso widerwärtig wie mir. Er kam nicht um zu betteln. Ich ging hinter ihm her, ohne mir bewusst zu sein, was ich tat. Dieser kleine, hässliche Straßenköter führte mich.

Er führte mich in eine schmale Gasse. Ich dachte an den Teufel, der Faust in Gestalt eines Pudels begegnet.

Ich stand vor einer brüchigen Holztür. Vorsichtig betrat ich das Haus. Vor mir lag eine Treppe. Ich ging in den ersten Stock.

In einem kleinen Zimmer, spärlich eingerichtet, saß ein junger Mann am Rand seines Bettes. Er rauchte eine Zigarette. Ich nahm den Geruch von Schweiß und Wein wahr. Der junge Mann sah mich an.

„Quién es?“, fragte er. *Wer sind Sie?* Sein Gesicht war blass und unrasiert.

„Artuo es usted?“, fragte ich. *Sind Sie Arturo?*

„Si“, sagte er. „Ja, was wollen Sie?“

„Fiora schickt mich.“

Die Augen des Mannes weiteten sich. Ein Ausdruck des Entsetzens lag in seinen Zügen.

„Fiora es muerto“, sagte er. *Fiora ist tot.*

Ich nickte. Ich wusste, dass er Recht hatte.

Ich trat auf ihn zu. Er sah zu mir auf.

„Ich wollte sie nicht töten“, sagte er. „Ich wollte sie lieben. Ich habe sie geliebt.“

Ich tötete ihn schnell. Mit einer Rasierklinge öffnete ich seinen Hals. Er sackte in sich zusammen. Mit einem Tritt auf seine Brust warf ich ihn aufs Bett und zog ihn aus.

Ich nahm Fioras Notizzettel aus meiner Hosentasche.

Escribe mi maldición en su carne.

Ich las diesen Satz und es war mir, als wäre es das erste Mal. Ich war mir nicht mehr bewusst, ihn geschrieben zu haben. Ich legte meine Finger auf das Papier. Ich spürte Fioras Haut. Weich wie der Humus verfaulender Erde. Rau wie Pergament.

Schreibe meinen Fluch in sein Fleisch.

Liebevoll steckte ich das Papier wieder ein und nahm den Federhalter. Er lag schwer in meiner Hand, randvoll gefüllt mit meinem Blut, das mir Fiora aus dem Herzen gezogen hatte. Mit ihrem eigenen hatte sie es vermischt.

Mi sangre es dentro de ti. – Mein Blut ist in dir.

Ich küsste die Feder und roch den Hauch von Kupfer. Dann begann ich mein Schlachtwerk. Die Spitze der lavendelfarbenen Feder ritzte Fioras Fluch in das Fleisch des jungen Spaniers. Sein Schweiß mischte sich mit unserem Blut. Wie in einem eisigen Fieberwahn folgte ich Fioras Befehl und schrieb ihr Urteil:

Verloren sei dein Blut, dein Fleisch und deine Seele bis in alle Ewigkeit im Netz meiner versalzenen Fische. Meine bösen Blumen sollst du pflücken und daran riechen, bis deine Mörderseele im Feuerschlund der Ewigkeit verbrennt. Du hast mich getötet. Dafür wird mein Schwert in deinem Fels stecken, Arturo. Tu alma es mía. Yo voy a beber tu sangre y comer tu carne. Deine Seele ist mein. Ich trinke dein Blut und esse dein Fleisch.

In Liebe. Fiora.

So schrieb ich ihre Worte in den Körper des Toten. Ich wusste, dass ich ihn damit zu meinem Bruder machte. Wir beide waren jetzt für ewig verloren in Fioras Netz. Ihr Medusenhaar umschlingt uns jetzt beide. Ich weiß, du wirst auferstehen, Arturo. Gemeinsam mit mir wirst du mit unserer furchtbaren Geliebten in den Schatten leben. Ich beendete meinen Liebesdienst und stieß die Feder, die Fioras Geist in sich trug und ihren kalten Hauch verströmte, tief in Arturos Herz.

Dann ging ich nach Hause.

Fiora lag in meinem Bett. Sie war tot. Sie lächelte mich an.

„Spürst du mich?", fragte sie.

„Ja. Ich spüre dich."

„Das wirst du für alle Zeiten." Ihr weißes Gesicht leuchtete im Schatten des Zimmers. Sie streckte ihre Arme aus und zog mich zu sich. Es war, als würde ich über das Wasser in ihren tosenden Hafen schweben.

„Sei bei mir, Geliebter“, sagte die böse Blume. „Sei für immer bei mir und trinke das Blut meiner toten Seele. Es soll deine Tinte sein, um unsere Geschichte zu erzählen.“

„Was hat Arturo getan?“, wollte ich wissen, als ich mich in ihre schneidende Umarmung begab.

„Geliebt“, sagte sie. „Nichts weiter.“

Ich sah in ihre Augen. Sie verströmten das kalte Licht der Sterne. Ihr Atem war still. Ihre Stimme leise wie das Flüstern des Windes über dem Wasser: „Als er spürte, dass er mich verliert, hat er mich getötet. Er hat mich in die Dunkelheit gezogen und mir mit seinen Händen den Atem geraubt. Seitdem atme ich nicht mehr. Ich habe dich auserkoren, mein Geliebter. Du bist meine Rache. Du bist mein Fluch.“

Sie küsste mich. Ihre Lippen waren kalt, ihre Zunge rau wie Sepia.

Kalt ist der Liebeshauch meiner Blume. Kalt sind die Worte, die ich mit meinem Blut schreibe. Hütet euch vor diesen Zeilen. Bringt eure Seelen in Sicherheit.

Somos los muertos de la noche. – Wir sind die Toten der Nacht.

Wir schreiben diese Worte mit eurem Seelenblut.

Diese Zeilen sind schrecklich.

Alekseij Upatov

Mein Berg

Ich habe meinen Vater schon immer gehasst. Vielleicht nicht seit ich denken kann, aber seit ich anfing Fragen zu stellen. Fragen wie „Warum gehst du nicht zur Arbeit?“ oder „Warum bist du so böse, wenn du abends nach Hause kommst?“.

Immer wieder bekam ich dieselbe Antwort: „Manche Fragen sind schöner als Antworten.“

Ich verfluche diesen Satz. Meine gesamte ruinierte Jugend lang hat er mich begleitet. Die Faulheit und Nutzlosigkeit meines Vaters entschuldigend. Aber er hat mich auch geprägt, mich geleitet. Ich habe mich so stur dagegen gewehrt, auch nur einen Funken Wahrheit in ihm zu sehen, dass ich mein Leben dem Gegenbeweis gewidmet habe.

So reise ich schon seit über zehn Jahren durch Russland und schreibe Berichte. Berichte von Orten, die so stark vom Aberglauben durchtränkt sind, dass sich inzwischen niemand mehr fragt, warum sie so unheilvoll sein sollen.

Vieles habe ich auf meinen Reisen gesehen. Mütterchen Russland ist in manchen Gegenden so zurückgeblieben, wie es sich im Westen wohl kaum jemand vorstellen könnte. Wir schossen den ersten Menschen in die Umlaufbahn der Erde und gleichzeitig wurden in einigen Dörfern immer noch Hexen verbrannt. Man glaubt es kaum, aber gerade im Norden sind Scheiterhaufen auch heute noch, im letzten Viertel des zwanzigsten Jahrhunderts, kein seltener Bestandteil eines Dorfes.

Mir wird immer noch schlecht, wenn ich an meine letzte Reise denke. Troetskoe, eine 400-Seelen-Gemeinde, die angeblich Probleme mit sogenannten „Oborotney“, Dämonen in Menschengestalt, hatte. Man schrieb mir, dass der letzte Vorfall vor gerade erst drei Wochen stattfand.

Es hatte einige Zeit gedauert, bis ich ein paar Einheimische dazu gebracht hatte, mit mir darüber zu reden. Die Leute waren simpel, simpel und unglaublich dumm. In einer Kneipe hatte ich einige Bauern zu mehreren Runden eingeladen. Als es spät wurde, musste ich das Thema nicht mal selbst ansprechen. Einige waren selbst dabei gewesen und prahlten regelrecht damit. Als ich begriff, was da passiert war, stürzte ich nach draußen und musste mich übergeben.

Bei einer Familienfeier wurde zu später Stunde ein schweinischer Witz erzählt. Ein einjähriges Kind saß mit am Tisch. Die Stimmung war ausgelassen, der Witz kam gut an und alle brachen in Lachen aus. Mitgerissen von der guten Laune fing auch das Kind an zu lachen. Und da kriegten es die betrunkenen Dörfler mit der Angst zu tun. Das Kind konnte ja noch nicht mal richtig reden und von Sex verstand es erst recht nichts. Für sie war die einzige Erklärung für das Lachen, dass das Kind in Wirklichkeit ein Dämon in Menschengestalt war, ein Oborotney. Sie warfen es noch am selben Abend in den Kamin.

Eine widerliche Geschichte das Ganze, aber in einem Land, das auf Aufklärung nicht so viel Wert legt wie auf Schutz vor dem Kapitalismus, nun mal keine Seltenheit. Es ist nicht mal ein Tabu. Der Onkel des getöteten Kindes war auch in der Kneipe und prahlte am lautesten mit dieser „Heldentat".

Ich habe nur einen Teil der Mythen im Norden erforscht, aber das reicht mir für den Moment. Zwei Bücher konnte ich damit bereits füllen und das Geld sollte für einen kleinen Urlaub reichen. Einen Urlaub, den ich längst nötig hätte.

Zuerst hat mich das alles zynisch gemacht. Aber in letzter Zeit fühle ich mich nur noch verbittert. Ich kann diese Idioten nicht mehr sehen. Verkaufen ihre Stromkabel an die Eisenindustrie, sind dann gezwungen ohne Licht zu leben, und plötzlich fällt ihnen ein, dass sie im Dunkeln Angst haben. Aus der Angst wird Aberglaube und aus Aberglaube Dummheit und Verbohrtheit. Im schlimmsten Fall lynchen sie dann am Ende irgendwen, um ihrer Furcht ein Ventil zu geben. Ich habe das alles satt.

Also beschließe ich, wieder in den Süden zu gehen. Viele glauben, in Sibirien sei es immer nur kalt, aber das stimmt nicht. Im Sommer sind es im Süden normalerweise 30 Grad im Schatten und es gibt kaum Wolken. Genau, was ich jetzt brauche. Ferien in der Sonne.

Ich setze mich in den ersten Zug, den ich kriege. Mein Ziel: Der Altai.

Es beruhigt mich ungemein zu sehen, wie die Landschaft hinter dem Fenster sich nach und nach verändert. Aus weiten, dürren Feldern werden zuerst Anhöhen, dann Hügel, dann Berge. Wunderschöne Berge so weit das Auge reicht.

Die Erinnerung an meine Kindheit kommt hoch. Ich bin hier schon einmal gewesen. Wir wohnten damals in Omsk, einer riesigen Industriestadt, aus der wir nie wirklich raus kamen. Meine Mutter musste immer arbeiten um die Familie durchzubringen, und mein Vater hatte kein Interesse daran zu verreisen. Aber als es Zeit wurde mich zu taufen, beschloss meine Mutter es nicht in Omsk zu tun. Omsk hatte zwar riesige Kirchen, aber sie sagte immer, diese Stadt habe keine Seele. Sie wollte, dass ich an einem Ort getauft werde, an dem die Natur noch möglichst unberührt ist und die Menschen offener, freundlicher. Also fuhren wir nach Altay. Meine Großtante wohnte dort und es war der einzige Kurort im näheren Umkreis.

Ich erinnere mich noch, dass die Fahrt schrecklich war. Immer wieder hörten die Straßen auf und wir blieben mitten im Nirgendwo stecken. Aber es hatte sich gelohnt. Die Landschaft im Altai ist einmalig. Im Sommer fühlt man sich, als wäre man in den Tropen. Es ist heiß, überall sind Berge, kleine Flüsse und klare Seen. So etwas ist mir auf meinen weiteren Reisen nie wieder begegnet.

Ich kann mich noch daran erinnern, dass ich unbedingt auf einen Berg klettern wollte. Ich quengelte so lange rum, bis meine Mutter endlich Vater dazu verdonnerte, mit mir auf einen Felsen zu steigen. Wir kletterten fast eine ganze Stunde lang. Es war gar nicht so schwer, wie man es sich vorstellt.

Aus meinem Traum, auf einem richtigen Berg zu stehen, wurde dann allerdings nichts, denn kurz vor dem Gipfel stießen wir auf einen kleinen Felsvorsprung voller Schlangen. Ich habe Angst gekriegt und angefangen zu heulen. Wir brachen die Expedition ab und kehrten zurück zum Haus meiner Großtante.

Ich war sehr niedergeschlagen. Heulte den Rest des Tages in meinem Schlafsack.

„Jetzt hör schon auf! Du bist doch kein Mädchen!“, brüllte mein Vater, als er mein Gequengel nicht mehr ertragen konnte.

„Aber ich wollte doch unbedingt wissen, wie es oben auf einem Berg ist!“

„Tja, da hast du es wieder. Manche Fragen sind eben schöner als Antworten.“ – Dieser grauenhafte Spruch!

Nach einer Weile beruhigte ich mich und ging zu den anderen. Sie waren gerade mit dem Abendessen fertig und erzählten sich bei Schnaps und Zigaretten Geschichten.

„He, da ist ja unser kleiner Bergsteiger“, schmunzelte mein Vater. „Volodjya, erzähl Andreij doch noch mal die Geschichte vom roten Berg! Das ist doch mal was für ihn!“

Volodjya war der Mann meiner Großtante. Ich mochte ihn, er erzählte immer viele Witze und obwohl ich fast schon wieder umdrehen und weiterheulen wollte, entschied ich mich dazu ihm zuzuhören. Ich hatte noch nie von einem roten Berg gehört.

„Na gut, dann hör mal zu, Andreij. Der rote Berg ist eine besondere Sehenswürdigkeit hier im Altai. Aber allzu viele Leute besuchen ihn nicht. Man fürchtet ihn. Er ist aus einem besonderen Gestein und in einer sehr interessanten Lage. Durch das Zusammenspiel von Licht und Gestein wechselt der Berg während des Jahres oft seine Farbe. Normalerweise ist er orange mit einem Schuss Braun. Im Frühling jedoch, vor allem in der Morgendämmerung, wird er hellviolett. Ist wunderschön anzusehen das Ganze, aber nicht das Interessanteste, nicht das Besondere. Reicht mir mal dieses Fotoalbum dort!“

Meine Mutter griff in ein Regal und gab ihm ein großes in Leder gebundenes Album. Er setzte seine Brille auf und fing an darin zu blättern. Plötzlich hörte er auf und betrachtete eine Seite länger. Er wirkte abgelenkt, als hätte er etwas gefunden, womit er nicht gerechnet hatte. Dann reichte er mir das Album aufgeschlagen zurück.

„Das ist das Besondere an diesem Berg."

Blutrot! Ein unglaublicher Anblick. Der Berg wirkte, als wäre er komplett mit Blut übergossen. Und zugleich war er majestätisch und erhaben. Dieses Foto hat sich in mein Gedächtnis gebrannt wie kein anderes. Es war regelrecht bedrohlich. Faszinierend und verstörend in einem. Ich dachte an die Schlangen zurück und fand mich selber lächerlich. Nicht mal tausend Schlangen könnten die Gefahr ausstrahlen wie dieser eigentlich leblose Berg.

„Ich muss dir wohl nicht erzählen, dass dieses Naturschauspiel das Unglaublichste ist, was wir hier zu bieten haben. Man kann es nur im Sommer beobachten, in den Morgenstunden. Aber inzwischen traut sich das kaum noch einer, und ich muss sagen, mir hat das eine Mal, als ich dieses Foto geschossen habe, auch gereicht."

„Warum?"

„Ich kann ja mal versuchen, es dir zu erklären."

Volodjya rückte seine Brille zurecht und nahm sein Schnapsglas.

„Man erzählte sich schon immer viele Geschichten über den Berg. Schlimme Geschichten. Angeblich sind alle, die ihn bestiegen, während er in die rote Farbe getaucht war, dort umgekommen. Und wer nicht umgekommen ist, der ist verrückt geworden oder stumm. Deswegen konnte noch niemand aus erster Hand davon berichten. Solche Geschichten hört man natürlich oft. Aberglaube. Aber wenn du mit ihnen aufwächst, dann glaubst du auch ein Stück weit daran."

Plötzlich wurde sein Tonfall ernster, der Blick nachdenklicher.

„Und als ich dort war, natürlich in sicherer Entfernung, als ich beobachtete, wie der Sonnenaufgang den Berg vom knalligen Orange in dieses tiefe Rot tauchte, da habe ich etwas gespürt. Meine Nackenhaare haben sich aufgestellt und eine Kälte fuhr in meine Glieder. Eine sehr intensive Kälte. Eine Kälte, die ich nie wieder in meinem Leben spüren will. Ich machte das Foto und rannte so schnell ich konnte zurück. Es war einfach nicht auszuhalten."

„Und der Berg wird jetzt von niemandem mehr bestiegen?"

„Während der roten Phase? Doch. Einige gehen da immer noch hin. Aber es sind keine Touristen oder Abenteurer. Niemand, der noch bei klarem Verstand ist, will gerne in der Nähe des Berges sein, wenn er sich in seinen Blutmantel hüllt.“

„Wer will denn dort hin?“

„Selbstmörder. Lebensmüde. Verstoßene. Menschen ohne Hoffnung. Man hört immer noch von Leuten, die rauf gehen. Nur zurück kommt niemand. Nach wie vor.“

Am nächsten Tag fuhren wir zurück nach Omsk. Das Abenteuer war vorbei, aber die Geschichte vom roten Berg habe ich von da an immer mit mir getragen.

Je länger ich mir die Berge durch das Fenster des Abteils betrachte, desto mehr wird mir klar, dass ich mal wieder nicht in Urlaub fahre. Natürlich dachte ich, ich würde in Urlaub fahren, das hatte mein Verstand mir schön vorgegaukelt. Aber mit Urlaub hat das nichts zu tun. Ich fahre nicht zur Kur. Ich besuche einen Dämon aus meiner Kindheit.

Auf der Suche nach einem Hotel kämpfe ich noch mit mir. Ich bin doch viel zu müde für so etwas. Die letzten rastlosen Jahre haben mich ausgelaugt. Mein Körper ist nur noch ein Schatten seiner selbst. Als ich jung war, war ich ein Athlet. Muskeln aus Eisen und ein Wille aus Granit. Jetzt bin ich Buchautor und Journalist. Mit Lungen aus Teer und einem Geist aus Alkohol.

Aber ich kann nicht schlafen. Wälze mich im Bett, finde keine Ruhe. Ich habe den Kampf gegen den Berg verloren. Mir wird klar, dass ich keine andere Wahl habe. Ich beschließe, mich morgen gleich nach dem Frühstück auf den Weg in das Hinterland zu begeben und den roten Berg zu suchen. Vielleicht wird das meine letzte Reise, vielleicht muss ich nur noch diesen Mythos von seinem Zauber befreien. Vielleicht mache ich das auch nur für mich.

Kurz drauf schlafe ich ein.

Das Frühstück in dem Hotel ist unglaublich gut. Man serviert mir die besten Piroschki, die ich je gegessen habe. Immer wieder muss ich staunen, auf wie viele verschiedene Arten man diese simplen

Teigtaschen zubereiten kann. Es schmeckt mir so gut, dass ich mir ein Dutzend davon einpacken lasse.

Ich gehe meine Ausrüstung durch. Mir fehlt noch ein neuer Block, ich muss in ein Schreibwarengeschäft. Natürlich muss ich mir auch noch ein Auto mieten und herausfinden, wo dieser Berg überhaupt ist.

Bei der Autovermietung frage ich einen der Angestellten, ob er mir den Weg zum roten Berg beschreiben könnte. Er guckt mich mit großen Augen an und erzählt mir, er hätte noch nie etwas von diesem Berg gehört. Kurz darauf verschwindet er in einem der Geschäftsräume. Als er wieder auftaucht, eröffnet er mir, dass ich für den Mietwagen das Doppelte zahlen muss. Mein Vorhaben scheint ihn misstrauisch gemacht zu haben. Fantastisch. Ich beiße die Zähne zusammen und zahle. Es ist schließlich die einzige beschissene Autovermietung hier in der Gegend.

Auf der Suche nach einem Schreibwarenladen kurve ich ein wenig durch die Stadt. Es ist traurig zu sehen, wie sehr sie sich verändert hat. Damals, als wir hier waren um mich zu taufen, war hier alles so gepflegt, so freundlich. Aber die schlechte wirtschaftliche Lage macht nicht mal vor einem Paradies wie diesem Halt. Die Gebäude verfallen nach und nach und niemand hat das Geld um sie zu restaurieren. Die Straßen werden offenbar gar nicht mehr sauber gemacht. Die Stadt sieht inzwischen genauso beschissen aus wie jede andere. Ich kann es kaum erwarten, endlich in die Natur zu verschwinden.

Nach einer Weile finde ich einen kleinen Laden etwas abseits der Innenstadt. „Instrument Studenta“, „Das Werkzeug des Studenten“ steht auf dem Schild. Genau danach suche ich.

Als Erstes durchsuche ich die Postkarten nach Motiven des roten Berges. Fehlanzeige. Da kommen plötzlich Zweifel in mir hoch. Gibt es diesen Berg überhaupt oder war das nur eine Schauergeschichte, die man kleinen Kindern erzählt, damit sie nicht alleine in die Berge wandern gehen?

Die Verkäuferin ist sehr hübsch, ein paar Jahre jünger als ich.

„Hallo, ich suche einen Schreibblock, liniert."
„Einen Moment. 80 oder 160 Seiten?"
„Geben Sie mir mal zwei von denen mit 80."
„Ja, ich finde die auch übersichtlicher."
Sie kramt die Blöcke hinter dem Tresen hervor, ich bezahle.
„Brauchen Sie eine Quittung?"
„Ja, das wäre schön."
Sie legt den kleinen Quittungsblock auf den Tresen und holt ein seltsames Schreibgerät hervor. Es ist ein Füllfederhalter, aber ein ganz besonders edles Exemplar. So ein Kopfstück, flach und gewölbt, habe ich noch nie gesehen. Endlich ein Grund ein Gespräch anzufangen!
„Was ist das denn für ein Stift?"
„Oh, das ist etwas ganz Besonderes! Schön, dass Ihnen das auffällt. Solche Füllfederhalter werden im Westen hergestellt. Dort gibt es Leute, die sich so etwas leisten können. Aber hier bin ich bestimmt die Einzige, die einen besitzt."
„Wo haben Sie ihn her? Etwa aus dem Westen?"
„Um Gottes willen! Nein! So etwas dürfen Sie nicht denken! Wie soll ich denn in den Westen gekommen sein?"
Sie hat wohl Angst davor, für eine Verräterin am Regime gehalten zu werden.
„Keine Angst, ich bin nicht von der Regierung. Ich bin Buchautor."
Kurz guckt sie mich ungläubig an. „Sind Sie Andreij Gorki?"
„Ja, der bin ich. Schön, dass Sie mich kennen."
„Kennen? Ich bin eine große Verehrerin von Ihnen! Was Sie schreiben ist fantastisch! Ich bin hier auch mit so viel Aberglauben aufgewachsen, das würden nicht mal Sie glauben. Ich finde, ihre Bücher sind nicht nur unterhaltsam, sondern auch absolut wichtig! Nichtwissen richtet so viel Unheil an. Es ist gut zu wissen, dass es Menschen wie Sie gibt, die etwas dagegen unternehmen."
„Danke. Schön, dass Ihnen meine Arbeit gefällt. Wie heißen Sie?"
„Ksjuscha."

„Na gut, Ksjuscha", ich reiche ihr die Hand, „dann bin ich ab jetzt einfach Andreij."

„Sehr erfreut."

Jetzt könnte ich sie bestimmt nach dem Berg fragen, aber das würde etwas plump wirken. Außerdem bin ich wirklich interessiert an diesem wertvollen Schreibgerät.

„Also, wo hast du denn diesen Füllfederhalter her?"

„Na ja, mein Vater hat Geschäftsbeziehungen im Süden, er ist oft in Karganda. Dort hat er mal ein Geschäft mit einem fernöstlichen Geschäftsmann abgeschlossen und der hat ihm dann zwei dieser Stifte geschenkt. Es ist viel angenehmer damit zu schreiben als mit den billigen Geräten, die es bei uns gibt, oder mit einem Kugelschreiber. Es ist schonender für die Hand, weil man nicht so stark drücken muss."

„Interessant. Und schade. Das heißt also, ich kann mir keinen von diesen Stiften kaufen?"

„Nein, leider nicht. Aber wer weiß, vielleicht gibt es die bald auch bei uns."

„Ja, vielleicht."

„Du kannst mir ja ein Autogramm damit geben! Ich habe eines deiner Bücher hier."

„Gerne doch!"

Es ist wirklich eine Wonne, mit dem Stift zu schreiben! Ich schreibe ihr noch eine ausführliche Widmung, weil es mir so viel Spaß macht. Ich will ihr den Stift gar nicht mehr zurückgeben.

Kurz ist es still. Ich sehe Ksjuscha tief in die Augen. Sie ist sehr hübsch. Akkurat gekleidet, zusammengesteckte Haare und kaum geschminkte aber trotzdem charismatische Augen.

Ich lächele sie an. Sie lächelt kurz zurück, etwas Verträumtes ist in ihrem Blick. Schnell kommt sie wieder zu sich.

„Ähm ... und ... und was führt dich in diese Breitengrade? Urlaub?"

„Schön wär's. Schätze, man sieht mir inzwischen auch an, dass ich Urlaub bräuchte, nicht?"

Sie grinst. „Also wieder auf Recherche?"

„Ja, wieder Arbeit.“

„Und wonach suchst du? Ich kenne mich hier gut aus.“

„Ich suche nach dem roten Berg.“

Ksjuscha nickt und senkt ihren Kopf. „Das dachte ich mir.“

„Und? Kannst du mir sagen, wie ich dort hinkomme?“

„Ich kann dir sagen, wo du suchen musst, aber ... Ach jetzt fühle ich mich wirklich schlecht. Gerade habe ich mich noch über all den Aberglauben hier aufgeregt und jetzt, jetzt muss ich dir wohl etwas sagen, was dir nicht gefallen wird.“

„Ach, komm schon, ich brauche jede Information, die ich kriegen kann.“

Ksjuscha guckt kurz hoch. Etwas Trauriges, fast schon Enttäuschtes ist in ihrem Blick. Dann dreht sie sich von mir weg und schaut aus dem Fenster, während sie anfängt zu reden.

„Ich nehme an, du weißt, was man sich alles über den Berg erzählt, also werde ich dich nicht mit Schauermärchen langweilen. Was ich sagen will, ist ...“

Über den Berg zu sprechen scheint ihr schwerzufallen.

„Weißt du, jeder kennt hier jemanden, der schon mal dort gewesen ist. Einige wenige haben auch Fotos von dem Berg. Aber weißt du, warum er keine Sehenswürdigkeit ist? Ich habe gesehen, dass du die Ansichtskarten durchgegangen bist. Man verkauft keine Motive von dem Berg weil niemand, der ihn schon mal gesehen hat, während der Morgenstunden im Sommer, während er aussieht, als wäre er lebendig, als wäre er aus Blut, ihn jemals wiedersehen wollte. Sie machten ein Foto und rannten so schnell es ging davon. Und ich sage dir das nicht, weil irgendwer das erzählt hat, sondern weil Leute, denen ich wirklich traue, ihn gesehen haben und nur mit Furcht in den Augen davon berichten konnten. Sogar die stärksten und furchtlosesten Männer erzählen vom Berg, als würden sie vom Teufel selbst reden. Und manchmal ...“

Sie redet weiter, aber ich höre nicht mehr zu. Ich kann nicht glauben, was ich da höre. Gerade noch sagt sie, sie würde mich für meine Arbeit bewundern, und im nächsten Augenblick tischt auch sie mir eine Gruselgeschichte auf. Sie ist doch eine erwachsene Frau und wirkt überhaupt nicht dumm! Ich versuche mich wieder zu beruhigen und ihr zuzuhören, obwohl ich innerlich vor Wut koche.

„Ich will ja auch immer eine logische Erklärung für alles. Bestimmt gibt es auf jede Frage eine Antwort, aber hast du schon mal von diesem Sprichwort gehört? Es heißt: Manche Fragen sind schöner als Antworten."

Mir wird schlecht. Das musste ich jetzt wirklich nicht noch einmal hören! Ich muss sie so schnell wie möglich dazu bringen mir den Weg zu beschreiben, und dann nichts wie weg hier.

„Ich werde auf mich aufpassen können, glaub mir. Sag mir bitte, wo ich diesen Berg finde."

Meine Stimme zitterte ein wenig, wenn Ksjuscha so clever ist, wie ich denke, wird sie verstanden haben, was ich von ihrem Vortrag halte. Schweigend ergreift sie den Quittungsblock und notiert darauf etwas mit diesem wunderschönen Stift. Sie reißt den Zettel aus und reicht ihn mir rüber.

„Ein Dorf, es liegt im Norden. Du musst dort weitersuchen."

Auf dem Zettel steht „Sasnowka", der Name des Dorfes. Darunter eine Telefonnummer.

„Wenn du zurück bist und ein wenig Gesellschaft brauchst, dann ruf doch mal an. Ich kann dir noch viele Geschichten hier aus der Gegend erzählen."

Ich muss lächeln. Damit hätte ich nicht gerechnet. Vielleicht bin ich ja zu hart mit ihr ins Gericht gegangen, eigentlich weiß doch niemand so gut wie ich, was Angst mit Menschen anrichten kann. Schließlich hat jeder Angst. Eine schöne Frau gibt mir ihre Nummer. Was denke ich überhaupt noch nach?

„Werd' ich machen!"

„Versprochen?"

„Versprochen!"

Auf dem Weg zum Parkplatz bleibe ich vor einem Schaufenster stehen und betrachte mein Spiegelbild. Drei-Tage-Bart, die Haare zersaust, abgenutzte Jacke, die alte Hose. Na immerhin sitzt die

Brille noch. Fand Ksjuscha das hier wirklich attraktiv? Kaum zu glauben. Vielleicht war sie auch einfach nur neugierig, wollte wissen, ob ich überhaupt lebendig zurückkomme oder mir in die Hosen scheiße und weglaufe wie alle anderen.

Im Auto krame ich meine Karte heraus und suche nach dem Dorf. Ich muss nach Norden. Mal wieder nach Norden.

Endlich komme ich wieder in den Genuss der wunderschönen Natur des Altai. Die Sonne scheint, ich höre im Radio einen meiner Lieblingssongs. „Koni“ von Vladimir Wysotzkij. Ich erinnere mich an ein Interview von ihm, das ich mal gelesen habe. Er war auf Tour in der DDR und erzählte, dass er beim Anblick der deutschen Städte weinen musste. Sie waren viel schöner als die in Russland, und er konnte einfach nicht glauben, dass wir den Krieg gegen dieses Land eigentlich gewonnen hatten. Jetzt, hier im Altai, kann ich ihm nachfühlen, denn im Gegensatz zu vielen anderen Teilen Russlands hat die Natur hier den Krieg gegen die Industrie noch nicht verloren.

Es ist brütend heiß und ich kann bei all den kleinen Seen, an denen ich vorbeifahre, einfach keinen klaren Gedanken fassen. Eigentlich will ich die Sache mit dem Berg ja so schnell wie möglich hinter mich bringen und das Dorf müsste höchstens noch ein paar Kilometer weit entfernt sein, aber ein kühles Bad in unberührter Natur ist jetzt einfach zu verlockend. Unterhalb einer großen Felswand erblicke ich einen weiteren See. Einige Vögel sitzen am Ufer, sonst niemand. Keine Menschen, keine Schilder, nicht das geringste Anzeichen von Zivilisation. Genau richtig.

Das Wasser ist klar und angenehm kühl. Immer wieder schwimme ich vom einen Ende des Sees zum anderen, und als ich ans Ufer komme, verfluche ich mich dafür, dass ich rauche. Zu gerne würde ich jetzt jede aromatische Nuance in der Luft in mich aufsaugen und genießen können. Leider geht das nicht, der Teer und das Nikotin haben meinen Geruchssinn schon vor Jahren auf das Nötigste reduziert. Erschöpft lege mich in das warme Gras. Es fühlt sich gut an, wirklich gut.

In der Nachmittagssonne schlafe ich überglücklich ein. Mein letzter Gedanke ist der fast schon kindlich naive Wunsch, niemals von hier wegzugehen.

Ein Plätschern weckt mich. Kaum mache ich die Augen auf, werde ich von der Sonne geblendet. Ich taste das Gras nach meiner Brille ab.

Am Ufer steht ein Mann. Ein großer, starker Mann. Er trägt eine vom Wasser durchtränkte Leinenhose, hat den Oberkörper frei und eine Tasche in der Hand. Ein Schnauzbart ist das Einzige, was ich von seinem Gesicht erkennen kann.

„Freund oder Feind?“, brüllt er zu mir herüber und schickt ein herzhaftes Lachen hinterher.

„Freund!“, lache ich zurück.

„Das ist gut! Willst du ein Bier, Freund?“

Und ich dachte, es könnte hier nicht schöner werden!

Bei mir angekommen reicht mir der Mann die Hand. „Planiew, Kirill.“

„Gorki, Andreij.“

Er setzt sich neben mich ins Gras und holt zwei Bier aus der Tasche. Wir stoßen an.

„Ich nehme an, du suchst nach dem roten Berg, nicht wahr?“

„Ist das so offensichtlich?“

„Für mich schon. Weißt du, der Weg, den du gefahren bist, endet in Sasnowka. Aber in Sasnowka wohnen nur noch Greise. Alle jungen Menschen sind längst weggezogen, das Dorf wird bald mit seinen letzten Bewohnern sterben. Ich kenne sie. Ich kenne auch ihre Kinder, die sie manchmal besuchen kommen. Aber dich kenne ich nicht. Da muss man ja nur eins und eins zusammenzählen.“

Er sagt das mit einer Bestimmtheit, als könne man ihm gar nicht widersprechen. „Warum auch?“, denke ich mir.

„Tja, dann brauche ich ja gar nichts mehr zu erzählen. Und was machst du dann hier?“

Kirill grinst mich an und nimmt einen großen Schluck Bier. „Sieh dich doch mal um! Ich mag es hier!“

Auch das hat er so gesagt, als hätte ich gerade die dümmste Frage der Welt gestellt. Die Aussicht auf den See und die Berge ist fantastisch, das Bier ist noch halb voll, warum sollte man noch irgendetwas sagen? Manchmal reicht es, sich zurückzulehnen und nichts zu tun außer zu genießen.

„Wieso suchst du den Berg?"

„Ich will über ihn schreiben. Ich bin Schriftsteller und schreibe Bücher, die sich mit Aberglaube befassen."

„Aberglaube. Das heißt also, du glaubst nicht daran."

„Ich habe schon so vieles gesehen, so viel angeblich Unerklärliches. Ein Berg, der einen um den Verstand bringt? Ich glaube nicht."

„Verstehe."

„Glaubst du denn daran?"

„Hmm. Ich weiß es nicht. Hab' mir noch keine Gedanken dazu gemacht."

„Du wohnst hier, oder? Wie kann man sich denn da keine Gedanken dazu machen?"

„Ich wohne hier, weil es ruhig ist. Weil die Menschen hier nicht hin kommen und ich die Natur genießen kann. Der Berg ist ein ganzes Stück weit weg. Ich war natürlich schon mal dort, aber nicht während der gefährlichen Zeit. Ich bin kein Abenteurer. Ich bin ein Aussteiger."

„Könntest du mich denn hinbringen?"

„Sicher. Warum nicht? Deswegen bist du ja hier. Aber heute nicht. Heute bleiben wir hier und trinken was. Du kannst bei mir in der Hütte schlafen. Morgen früh gehen wir dann los."

Fantastisch. Wären doch bloß alle Menschen so unkompliziert.

Bei Anbruch der Dämmerung zieht ein kleines Gewitter auf. Wir packen unser Zeug zusammen und Kirill bringt mich zu seiner Hütte. Er erzählt mir, er hätte die Hütte selber gebaut und würde seitdem alleine hier leben. Finanziert hätte er sich das alles durch Ersparnisse aus seiner Zeit beim Militär. Er ist Veteran des Zweiten Weltkriegs.

Er sagt, er wäre schon 67 Jahre alt, sieht aber zwanzig Jahre jünger aus.

Die Hütte hat eine Veranda mit einer kleinen Feuerstelle. Kirill legt ein paar Kartoffeln in die Glut. Ich krame mein Dutzend Piroschki hervor und wir machen es uns mit einer Flasche selbstgebranntem Schnaps aus Kirills Vorrat gemütlich.

„Hör mal, Kirill", sage ich zu später Stunde, „willst du eigentlich für immer hier bleiben? Willst du nicht irgendwann zurück?"

„Zurück wohin?"

„Zurück zu ... den Menschen."

„Ha! Glaube mir, Andreij, ich kenne sie! Ich kenne sie ... diese, diese ..." Sein Gesicht verzieht sich zu einem fiesen Grinsen. „... Menschen."

Er trinkt sein Glas in einem Schluck leer und haut es auf den Tisch.

„Ich habe sie gesehen, im Krieg. Im Krieg zeigen sie ihr wahres Gesicht. Triebgesteuerte Egoisten! Um nichts anderes besorgt als um ihr eigenes Wohl. Die raffgierigsten aller Bestien. Zuhause, in ihren Ländern, bei ihren Familien, da benehmen sie sich wie wahre Edelmänner. Wie heilige Fürsten! Von Gott gesegnet und begleitet! Aber im Krieg, im Krieg sind sie anders. Wie ausgewechselt! Da weicht jede Menschlichkeit aus ihren Gesichtern. Sie brechen in anderer Leute Häuser ein, fressen was sie finden, klauen was nicht angenagelt ist, vergewaltigen alles was zwei Beine hat. So sind sie wirklich. Tief drinnen. Diese ... Menschen."

Für einen Augenblick bin ich mir nicht sicher, ob nicht bloß der Alkohol aus ihm spricht, aber da ist etwas in seinen Augen, in seiner Stimme. Etwas, das jeden Zweifel beiseite wischt. Das ist sein purer Ernst.

„Ich bin kein Engel. Ich habe genau wie die anderen gestohlen, gemordet und alles andere. Aber danach, danach wusste ich die Menschheit besser einzuschätzen. Ein Scheusal, ein Scheusal, das mir gestohlen bleiben kann. Ich habe keine Wünsche mehr. Nur noch den nach Frieden; und hier habe ich ihn gefunden. Ein Frieden, den man unter Menschen lange suchen kann."

„Auf die Menschen!“

Wir heben unsere Gläser.

„Ja, auf die verdammten Menschen.“

Wir leeren die Gläser und müssen lachen. Ob über die Ironie oder einfach nur weil wir uns gerade wohlfühlen. Manchmal tut es gut, zu lachen und nicht zu wissen warum.

„Was ist mit dir, Andreij? Hast du einen großen Wunsch?“

Ich muss lange überlegen. Klar hätte ich gerne ein Haus, ein neues Auto, was man sich halt so wünscht als Mensch. Aber das will Kirill wohl kaum hören. Ein wenig fürchte ich, keine passende Antwort zu finden, aber schließlich fällt mir doch noch etwas ein.

„Ja, da ist etwas. Kurz bevor ich herkam, war ich in einem kleinen Laden in der Stadt. Die Verkäuferin dort, sie hatte so einen besonderen Füllfederhalter. Ein ganz kostbares Stück. Ich hab so eines noch nie gesehen. Ich habe ihr damit ein Autogramm gegeben und du glaubst nicht, wie angenehm es war damit zu schreiben! Ich muss in meinem Beruf sehr viel schreiben und habe noch nie mit etwas dermaßen Angenehmem geschrieben. Dummerweise war das Ding ein Souvenir von einem Händler aus dem Osten. Man kann es hier nirgendwo kaufen. So ein Ding hätte ich wirklich gerne.“

Kirll fängt an zu grinsen, sein Grinsen wird immer breiter und breiter, bis er in lautes Lachen ausbricht. Er steht auf und verschwindet in seiner Hütte. Nach einer Weile kommt er mit einem kleinen schwarzen Kästchen wieder heraus, setzt sich hin und legt es vor mir auf den Tisch.

„Damals im Krieg, oder besser gesagt nach dem Krieg, da zog ich mit einer Gruppe Soldaten durch Bayern. Wir wollten uns durch das Plündern und Rauben noch ein wenig Extra-Rente sichern. Dabei kamen wir zum Obersalzberg. Dort war früher Hitlers Sommersitz. Später hatten die Nazis dort einen zweiten Regierungssitz errichtet. An diesem Ort habe ich mir neben einigen Gemälden und Schmuck auch dieses kleine Andenken direkt von Hitlers Schreibtisch mitgenommen. Ich hatte das Ding schon ganz vergessen, bis du gerade anfingst davon zu erzählen.“

Ungläubig starre ich auf das schwarze Kästchen. „Das ist nicht dein Ernst."

„Guck es dir doch an!"

Das Kästchen ist mit einem goldenen Haken verschlossen. Ich öffne es. Tatsächlich! Ein bildschöner Füllfederhalter, schwarz und glänzend, mit goldener Feder. An der Feder klebt sogar noch etwas Tinte.

„Hast du schon mal damit geschrieben?"

„Nein. Ich wollte das Ding einfach nur verkaufen, hab es bloß vergessen."

„Dann ist diese Tinte also noch ..."

„Guck dir die Gravur an."

Ich nehme den Stift heraus und betrachte ihn genauer. Auf dem Korpus erstrahlt „Adolf Hitler". Ich schrecke zusammen, Schauer und Faszination mischen sich.

„Ich schenke ihn dir", grinst Kirill. „Wenn du nicht gelogen hast und das, was die Leute über den Berg erzählen, auch noch wahr sein sollte, dann schenke ich dir damit die Möglichkeit wunschlos zu sterben."

Ich bin sprachlos.

„Auf den Berg!", ruft er und hebt sein Glas.

„Auf den Berg!", antworte ich mit zittriger Stimme.

Ein letztes Glas und wir gehen schlafen. Wie immer wenn ich volltrunken bin schlafe ich ein wie ein Baby.

Morgens holt Kirill mich aus dem Bett. Es ist bereits hell. Nach einem kurzen Katerfrühstück brechen wir auf.

Wir marschieren stundenlang durch völlig unberührte Natur. Zwischendurch bemühe ich mich, den Weg möglichst genau aufzuzeichnen. Zum einen weil Kirill mich nur in die Nähe des Berges bringen will, zum anderen um in den Genuss meines neuen Schreibgerätes zu kommen. Seine Eleganz und Einfachheit faszinieren mich fast mehr als die historische Bedeutsamkeit dieses ganz besonderen Stücks. Erst habe ich Skrupel, damit zu schreiben, aber ich glaube, Kirill würde das gerne sehen. Auf gar keinen Fall will ich undankbar erscheinen.

Vor einer breiten Felswand halten wir an.

„Dort drüben ist eine Passage. Wenn du sie durchquerst, kannst du den Berg bereits sehen. Ich lasse dich jetzt allein."

„Vielen Dank! Für die Gastfreundlichkeit, für die Gesellschaft, nochmals für den Stift, einfach für alles! Ich komme auf dem Weg zurück noch mal vorbei."

„Da freue ich mich jetzt schon drauf. Bist ein Guter, Andreij. Pass auf dich auf."

Zum Abschied umarmen wir uns. Ich habe das Gefühl, einen guten Freund gefunden zu haben. Auch wenn er Menschen hasst, ich mag ihn.

In der Passage ist es windstill. Nicht das geringste Geräusch außer meinen Schritten. Hin und wieder bleibe ich stehen um dem Nichts zuzuhören. In der Welt, in der ich lebe, ist es niemals so still. Sogar tief in der Nacht kann man noch aus der Ferne Autos hören oder Musik, die jemand in der Nachbarschaft zu laut aufdreht. Die Ohren geben niemals Ruhe. Ich setze mich einen Moment lang hin und versuche mich nicht zu bewegen. Nach zwei Minuten höre ich meinen eigenen Herzschlag.

Hier wäre ein wunderbarer Ort, um mit dem Schreiben anzufangen. Ich hole meinen Block und den Füller hervor. Ich überlege mir einen passenden Titel für diese Aufzeichnung. „Allein mit Führers Füller." Ich muss lachen.

Ich gehe die Ereignisse der letzten Tage durch. Ich schreibe darüber, wie mir zum ersten Mal vom Berg berichtet wurde, von dem Vorfall bei der Autovermietung, vom Schreibwarenladen und Ksjuscha, von der einmaligen Landschaft des Altai und über Kirill.

Bei Kirills Erzählungen vom Krieg muss ich stutzen. Er sagte, dass Vergewaltigungen im Krieg auf der Tagesordnung standen. Er sagte auch, dass er im Krieg nicht besser war als alle anderen. Bedeutet das, dass Kirill auch jemanden vergewaltigt hatte? Das würde meinen positiven Eindruck von ihm stark trüben. Vergewaltigungen sind bei mir ein sehr wunder Punkt.

Ich hatte mit neunzehn meine erste Freundin. Ich hatte auch vor, sie später zu heiraten. Aber als sie mit der Schule fertig war, schenkten ihr ihre Eltern eine Reise ans Schwarze Meer. Was dort mit ihr geschah, weiß ich nur aus zweiter Hand, denn sie hat danach jahrelang nicht mehr gesprochen.

Bekannte erzählten mir, sie hätte dort jemanden kennengelernt. Einen Einheimischen. Er bot ihr eine Erkundungstour an. Sie war jung, neugierig und gutgläubig. Sie willigte ein. Er brachte sie dann irgendwohin, wo sie niemand schreien hören konnte. Nach mehreren Wochen gelang es ihr zu entkommen. Sie kam mit starken psychischen Schäden zurück und wurde in eine geschlossene Anstalt eingewiesen. Ihre Eltern wollten nicht, dass ich sie besuche. Sie sagten, alles was sie an die Zeit zurückerinnert wäre schlecht für ihre Genesung.

Die Machtlosigkeit, die ich damals empfunden habe, hat tiefe Wunden hinterlassen. Unverschuldet bin ich in so eine schreckliche Lage geraten und konnte nichts tun, um es ungeschehen oder auch nur ein wenig besser zu machen. Ich kann mich wahrscheinlich nie wieder binden, kann niemandem trauen. Seitdem bin ich, was Zärtlichkeiten anbelangt, auf Huren angewiesen. Mein einziger Weg, um an sexuelle Befriedigung zu kommen. Man zahlt, hat Spaß und geht wieder. Keine Verantwortung. Keine Gefahr.

Ich muss dringend wieder auf andere Gedanken kommen und weiß natürlich auch schon wie. Ich schreibe meinen Bericht fertig und marschiere weiter. Gleich werde ich ihn endlich sehen.

Die letzten Meter sprinte ich, bin durchflutet von Vorfreude. Wo ist es, dieses angebliche Monster? Zeigt es endlich her! Ich musste fast dreißig Jahre darauf warten.

Und endlich sehe ich ihn, den roten Berg. An dieser Stelle muss Volodya damals auch gestanden haben, es ist derselbe Anblick, den ich aus meiner Kindheit kenne, nur ist der Berg nicht rot, sondern orange. Genau wie man mir berichtet hatte. Einsam hebt er sich aus der Landschaft empor. Er ist noch ein ganzes Stück weit weg und umgeben von dichtem Wald. Das satte Grün der Bäume bildet einen grandiosen Kontrast zum staubig-trockenen Orange des Berges und lässt ihn noch unwirklicher erscheinen. Er wird perfekt von der Sonne ausgeleuchtet, sodass jeder einzelne Felsvorsprung glasklar zu erkennen ist. Als würde er absichtlich alle Aufmerksamkeit auf sich ziehen. Für mich besteht kein Zweifel. Das ist der legendäre rote Berg. Das ist das Ziel meiner Reise. Der Dämon aus meiner Kindheit.

Es wird wohl noch mehrere Stunden dauern, bis ich den Berg erreicht habe, und die Nacht muss ich auch hier irgendwo verbringen. Also keine Zeit verlieren. Ich muss mich durch den Wald kämpfen.

Es ist ein nicht allzu dichter Wald, Kiefern und Fichten, einige Lärchen. Man hat Platz zum Gehen, der Boden ist durchweg bewachsen, keine Trampelpfade. Schade eigentlich – wenn es hier Trampelpfade gäbe, dann wäre meine Arbeit schon so gut wie getan. Wie schrecklich kann schon ein Berg sein, in dessen Nähe man gerne spazieren geht?

Hin und wieder versperrt ein Fels oder eine ganze Felswand den Weg. Ich hätte einen Kompass mitnehmen sollen.

Hier gibt es eine Menge Pilze. Würde ich hier in der Nähe leben, dann wäre dies mein Lieblingsort. Pilze sammeln ist eine meiner liebsten Freizeitbeschäftigungen. Es weckt Erinnerungen an Ferien auf dem Land, damals bei meinen Großeltern. Da war es das Größte für mich, mit der ganzen Familie loszuziehen und im Wald Pilze zu sammeln. Ich fühlte mich wie ein Jäger und abends gab es dann frischen Pilzeintopf. Das Verspeisen der Beute.

Ein riesiges Exemplar eines Fliegenpilzes springt mir ins Auge. Ich knie nieder um es genauer zu betrachten. Ein stolzer, dicker Stiel und ein mit weißen Tüpfeln besprenkelter knallroter Hut. Wie auf einer Postkarte.

„He!“

Ich schrecke hoch und drehe mich um. Nichts.

„Buh!“

Auf einmal guckt hinter einem Baum nicht weit von mir ein Kopf hervor. Ein Frauenkopf. Ein kichernder Frauenkopf.

„Keine Angst. Ich beiße nicht."

Hinter dem Baum kommt eine Frau hervor. Sie trägt sogar für meinen Geschmack ziemlich ranzige Klamotten und ihre langen, strohblonden Haare sind noch zersauster als meine. Am auffälligsten ist jedoch, dass sie an einer Krücke läuft.

„Wer hätte gedacht, dass man hier jemanden trifft." Ihre Stimme klingt rauchig, aber angenehm.

„Ja, ähm ..." Irgendwie bin ich mit der Situation überfordert. Ich kriege kein Wort heraus.

„Tut mir leid, ich habe dich schon seit einer Weile gesehen, aber ich konnte dich mit meinem Bein nicht einholen. Ich dachte, wo du dich gerade hinkniest, könnte ich mir ja mal einen Scherz erlauben."

Wie eine Frohnatur sieht sie aber nicht aus. Bestimmt schon um die vierzig, wenn man näher hinsieht vielleicht auch älter. Tiefe Falten um die Augen und so ein verzweifeltes Lächeln. Ihr rechter Arm umklammert eine Krücke. Eine sehr schöne Krücke, wie ich finde. Ich kenne mich mit Krücken zwar nicht aus, aber die hier ist anders als die praktischen einfarbigen Exemplare, die ich bisher gesehen habe. Sie ist violett mit beigen Verzierungen, hat unten drei Noppen, wahrscheinlich damit sich das Gewicht besser verteilt. Die Fläche, auf die man sich stützt, scheint aus einem anderen, weicheren Material zu sein als der Rest.

Ihren linken Arm streckt sie mir entgegen. „Ich bin Lida."

„Andreij."

Ihr Handdruck ist lasch, ich mag für gewöhnlich keine Leute mit laschem Handdruck.

„Also, Andreij, willst du zum Berg?"

„Ja ... da will ich hin ... und ... ähm ..." Ich räuspere mich und versuche zumindest nach außen hin so zu wirken, als hätte sie mich nicht aus der Fassung gebracht. „Zum Berg, genau. Und du? Wohnst du hier?"

„Wohnen? Hier?“ Sie stößt ein zynisches Lachen aus. „Hier wohnt doch niemand.“

„Na ja, ich habe da ...“

„Nein, außer dem Dorf gibt es hier nichts in der Nähe. Du scheinst dich ja nicht besonders gut auszukennen.“

Ich beschließe, sie in der Hinsicht erst einmal nicht zu belehren.

„Du willst also auch zum Berg?“

„Ja, genau dort will ich hin. So nah wie möglich und dann auf den Morgen warten. Leisten wir uns also ein wenig Gesellschaft?“

„Ja, natürlich.“

Gemeinsam setzen wir unseren Weg fort. Ich bin immer noch etwas erschlagen, versuche meine Gedanken zu ordnen. Lida schweigt.

Tausend Fragen schießen in meinen Kopf. Was will diese Frau hier? Gut, das hat sie ja schon gesagt, aber warum will sie zum Berg? Es muss ihr wohl wirklich wichtig sein. Ich kann mir kaum vorstellen, was für eine Tortur das sein muss, alleine durch die Wildnis zu ziehen, wenn man nur ein gesundes Bein hat. Und was ist das bitte für eine Krücke? Ich hatte schon mal ein gebrochenes Bein, und im Krankenhaus kriegst du so etwas nicht ausgehändigt. Gibt es für Krücken inzwischen spezielle Geschäfte? Das Exemplar sieht sehr teuer aus.

Die Flut an Fragen blockiert meinen Verstand, ich kriege es nicht hin, auch nur ein Wort zu sagen um vielleicht ein Gespräch anzuzetteln. Zum Glück nimmt Lida das selbst in die Hand.

„Rauchst du, Andreij?“

„Ja. Leider immer noch. Ich habe schon tausendmal versucht aufzuhören, aber es ist wirklich nicht so leicht, wie man denkt.“

„Ja, ich weiß. Aber warum sollten wir beide noch darüber nachdenken?“

Sie lächelt mich an.

Verdammt! Natürlich! Habe ich denn vergessen, warum Leute eigentlich hierher kommen? Sie ist eine Selbstmörderin und denkt ich wäre auch einer! Ich versuche zurückzulächeln, merke aber, dass ich das überhaupt nicht hinkriege. Gott, muss ich gerade dämlich aussehen!

„Ich wollte dich einfach nur fragen, ob du noch eine Zigarette hast."

Eine rauchende Frau. Ich habe mal gelesen, dass im Westen alle rauchen, Männer und Frauen. Hier ist das aber nicht üblich. Die einzigen Frauen, von denen man erwarten würde, dass sie rauchen, sind Huren. Na ja, mit Huren kenne ich mich ja aus.

„Klar, hier."

„Danke. Hast du auch Feuer? Du glaubst nicht, wie umständlich es ist, sich mit einer Krücke eine anzustecken."

Ich zünde ihre Zigarette an und hole auch eine für mich raus. Genau das habe ich gebraucht. Die Zigarette entspannt mich, meine Gedanken werden wieder klar. Mir wird auch wieder bewusst, warum ich damals eigentlich angefangen habe zu rauchen. Wenn man zusammen raucht, dann ist das Eis schon gebrochen. Es ist viel einfacher mit jemandem ins Gespräch zu kommen, wenn man ohnehin schon dabei ist, etwas gemeinsam zu unternehmen.

Diesmal stelle ich die Fragen. „Warum willst du zum Berg?"

Lida guckt mich überrascht an. „Na sieh mal einer an! Du bist ja aufgewacht! Und gehst auch gleich so richtig ran! Findest du das nicht etwas taktlos? Wir kennen uns doch erst seit ein paar Minuten."

„Na ja, fandest du es taktlos mich zu erschrecken?"

Sie lacht. „Gut, dann sind wir quitt!"

„Also? Warum bist du hier?"

„Dir ist bestimmt schon aufgefallen, dass ich ein kaputtes Bein habe. Dir ist auch schon aufgefallen, dass ich rauche. Da könnte man sich doch einiges zusammenreimen, nicht? Aber gut. Ich erzähl es dir. Die ganze Geschichte." Lida nimmt einen tiefen Zug. „Früher habe ich in der Stadt gearbeitet. Als leichtes Mädchen, wie man so schön sagt. In einem Kurort gibt es immer genug zu tun. Horden von Geschäftsmännern auf der Suche nach ein wenig Ablenkung. Das Geschäft lief gut, ich hatte schon einiges beiseite legen können. Da traf ich Nikolai. Ein schöner, starker Mann. Er war vielleicht nicht der Hellste, aber er hatte so eine Ausstrahlung. Verstehst du? Als könnte er alles erreichen. So jemanden wollte ich mein Leben lang treffen. Einen starken Beschützer. Ich verführte ihn, und simpel wie er war bat er mich noch in derselben Nacht, seine Frau zu werden. Zusammen zogen wir dann weg, in ein Dorf nicht weit von hier. Ich kaufte mit meinem Geld ein Haus und ein wenig Land, und er bestellte es. Nikolai hat sogar einen Stall für Vieh gebaut. So wollten wir beide alt werden. Und dann kam alles so schlimm es nur kommen konnte."

Lidas Stimme wird leiser und zittriger, während sie weiter erzählt. „Eines Abends hatten wir Freunde zu Gast. Einer von ihnen erzählte Nikolai vom roten Berg. Nikolai glaubte ihm kein Wort, sie fingen an sich zu streiten. Schließlich schlossen sie eine Wette ab. Nikolai sollte auf den Berg steigen und zum Beweis ein Foto mitbringen. Am nächsten Morgen zog er dann los und kam nie wieder."

Eine Träne rollt ihre Wange herunter, sie wischt sie weg und muss sich einen Augenblick lang fassen. Dann erzählt sie weiter. „Als ich aufhörte zu weinen, war das Geld bereits weg. Was sollte ich machen? Nikolai hat immer die Arbeit auf dem Land verrichtet, alles was ich wirklich gut konnte, war meinen Körper zu verkaufen. Und die Freier kamen. Sie kamen und brachten mir genug Geld um zu überleben. Nur kamen sie nicht von weit her, wie in der Stadt, sondern aus demselben Dorf, in dem auch ich wohnte. Als ihre Frauen davon erfuhren, kamen sie nachts zu meinem Haus, jagten mich aus dem Dorf und brachen mir die Beine. Ich kann von Glück reden, dass irgendjemand noch den Anstand besaß einen Krankenwagen zu rufen. Ein Bein verheilte, das andere nicht. Falsch zusammengewachsen. Krumm. Da war ich nun, eine Hure mit krummen Beinen. Ich kratzte das restliche Geld zusammen und zog los. Ich muss einfach wissen, was zur Hölle es mit diesem verdammten Berg auf sich hat. Ich muss wissen, was mit Nikolai ..."

Plötzlich stockt Lida. Ich sehe zu ihr hinüber und sehe, wie ihr Gesicht in Sekundenschnelle erbleicht. Sie sieht aus wie eine Statue, bewegt sich keinen Millimeter. Ihr Atem hat ausgesetzt. Ihre Augen sind weit aufgerissen.

„Nikolai?“, haucht sie fast lautlos.

Ich drehe mich um und kann direkt vor mir den Umriss eines sehr großen Mannes erkennen. Noch bevor ich ihn mit den Augen erfassen kann, versetzt er mir einen mächtigen Schlag gegen die Brust. Ich fliege in ein Gebüsch und verliere die Orientierung. Ich höre Lida, wie sie vor Entsetzen schreit. Immer wieder und immer lauter. Meine Brust schmerzt, ich versuche mich aus dem Gebüsch zu befreien. Als ich wieder Boden unter meinen Füßen spüre, rücke ich meine Brille zurecht.

Nikolai hockt über Lida. In seiner Hand ein riesiges Jagdmesser. Damit sticht er immer wieder auf sie ein. Sie ist verstummt, bewegt sich nicht mehr. Nikolai scheint das nicht wichtig zu sein. Immer weiter sticht er auf sie ein.

Er bemerkt mich, dreht den Kopf in meine Richtung. Er ist von mächtiger Statur, sein Gesicht ist vernarbt und sein Blick stechend. Er stößt das Messer in Lidas Körper und erhebt sich.

Wie angewurzelt stehe ich da. Ich muss hier weg! Ich kann sowieso nichts mehr tun, und wenn ich nicht flüchte, dann bin auch ich gleich tot! Gegen so einen Riesen habe ich nicht die geringste Chance! Ich bin noch nicht einmal bewaffnet. Ich nehme meine Beine in die Hand und renne ohne mich umzudrehen.

Überall sind Bäume und ich konzentriere mich darauf, nicht gegen sie zu rennen. Mein Herzschlag ist lauter als meine Schritte, ich höre nichts außer dem konstanten, schmerzhaften Pochen. Ich spüre nicht wie viel Zeit vergeht, ich spüre nicht, ob ich müde werde, kann nur noch daran denken nicht stehen zu bleiben.

Was ist passiert? Ich liege mit dem Gesicht im Dreck, alles an mir schmerzt. Ich taste mein Gesicht ab. Die Brille ist weg! Ich drehe mich unter Schmerzen auf den Rücken. Mein Rucksack ist noch da. Um mich herum ist Erde, über mir Licht. Ich bin in einem Loch!

Ich warte ein paar Minuten ab und versuche möglichst leise zu atmen. Es passiert nichts. Ich bin alleine.

Verdammte Scheiße, was war da gerade passiert? Ich habe Lidas Gesicht immer noch vor Augen. War das wirklich ihr verschollener Mann? Er muss es gewesen sein, sie hat ihn ja erkannt und die Beschreibung hat auch gepasst. Warum hat er sie getötet? Das ergibt doch keinen Sinn!

Mich beschleicht eine Ahnung. Was ist, wenn das alles einfach nur Bauerntheater war? Eine hübsch durchgeplante Vorstellung, um neugierige Touristen fernzuhalten. Ich habe schon einiges an Wahnsinn gesehen, mich schreckt man nicht so leicht ab, aber einen leichtgläubigen Trottel auf Reisen würde so etwas bestimmt überzeugen. Aber das Blut. Die Geschichte. Kann das alles inszeniert gewesen sein? Ich finde keine Antwort.

Der Versuch mich aufzurichten endet in schmerzhaften Krämpfen. Ich muss warten, bis ich wieder einigermaßen bei Kräften bin. Es ist noch immer hell und das Loch ist nicht allzu tief. Weniger als drei Meter würde ich schätzen. Immerhin ist hier genug Platz und Licht, um ein wenig nachzudenken. Es ist zwar nicht der angenehmste Ort um etwas zu schreiben, aber was soll ich sonst tun? Immerhin lenkt es mich für eine Weile ab und vielleicht sehe ich in der Sache klarer, wenn ich das Geschehene niederschreibe.

Der Füllfederhalter in meiner Hand hat etwas Beruhigendes. Ich schreibe das schreckliche Ende von Lida auf, aber seltsamerweise fühle ich mich dabei immer besser. Ich habe das Gefühl, der Füller beschleunigt meine Genesung. Und es wundert mich nicht. Was soll einem denn stärker das Gefühl von Macht verleihen als das Schreibgerät von Adolf Hitler persönlich? „Wenn das Schreibzeug Geschichte atmet“, denke ich, „dann fühlt sich auch der Schreiber wie ein Stück davon. Geschichte ist unzerstörbar, also bin ich es jetzt auch.“

Ich lese noch einmal alles durch, was ich geschrieben habe. Dabei bleibe ich an meiner Beschreibung von Ksjuscha, der Verkäuferin hängen. Ich finde, ich habe sie mit meinen Worten wirklich gut beschrieben.

Da ich mich noch länger ausruhen muss, beschließe ich noch etwas über sie zu schreiben. Das Schreiben mit dem Füller scheint mich zu stärken oder vielleicht auch nur abzulenken. Egal. Auf jeden Fall geht es mir dabei besser, also warum nicht? Ich nehme meinen zweiten Block und fülle die Seiten mit ausführlichen Beschreibungen von Ksjuscha. Eine schöne kleine Schreibübung.

Ich betrachte mein Werk und bin sehr zufrieden mit mir. Ich denke, ich habe sie fast noch schöner beschrieben, als ich sie in Erinnerung habe. Ihre Augen, sie sahen aus, als hätte sie trotz ihrer jungen Jahre schon so viel erlebt. Die Erinnerung an ihr Antlitz lässt mich an schöne Sachen denken. Lenkt mich ab von meiner unglücklichen Situation. Ich muss sie unbedingt anrufen, wenn ich hier endlich weg bin. Ich muss sie wiedersehen.

Die Hoffnung Ksjuscha wiederzusehen gibt mir Antrieb und ich starte einen weiteren Versuch, mich aus dem Loch zu befreien. Ich stemme meine Beine gegen die eine und meine Arme gegen die gegenüberliegende Erdwand und versuche mich so nach oben zu befördern. Es klappt ausgezeichnet, meine Schmerzen sind wie weggewischt.

Als ich endlich Boden zu fassen kriege, bricht die Erde weg und ich stürze wieder nach unten. Ich brülle vor Schmerzen. Verdammt! Ich wiederhole mein Manöver und liege nach schmerzhafter Plackerei tatsächlich auf dem Rasen neben dem Loch. Ich atme schwer und muss mich beruhigen.

„Andreij!", höre ich plötzlich jemanden rufen. „Andreij Gorki!"

Ich schrecke hoch. Ich kenne diese Stimme! Ksjuscha?

„Gott sei Dank! Da bist du ja!"

Ungläubig starre ich zu Ksjuscha, die aus dem Wald auf die Lichtung gerannt kommt.

„Du siehst schrecklich aus! Was ist passiert?"

Ich kann ihr Gesicht ohne Brille nicht eindeutig erkennen. Aber diese Stimme! Sie muss es sein!

„Ksjuscha?"

„Ja! Erkennst du mich denn nicht?"

„Doch, aber ... was machst du hier?“

„Ich wollte nach dir sehen. Meine Eltern wohnen im Dorf hier in der Nähe. Ich war sie besuchen und habe dein Auto am Wegrand gesehen.“

„Wie hast du mich denn gefunden?“

„Das war nicht schwer. Ich bin einfach zum Wald gelaufen und habe dich schon von weitem schreien gehört. Du hast sehr oft geschrien. Ist etwas nicht in Ordnung?“

„Wie konntest du mich denn so schnell finden? Ich bin doch ...“

Noch während ich rede wird mir klar: ich muss in die falsche Richtung gerannt sein. Ich richte mich auf und versuche den Berg zu finden. Über den Baumwipfeln kann ich ihn erkennen, er ist genauso weit weg wie vor Stunden.

Ich senke den Kopf und zucke zusammen. Das Loch, aus dem ich gekommen bin – direkt daneben ist noch ein Loch, genauso groß! Ich sehe mir den Boden auf der Lichtung genauer an. An einigen Stellen ist kein Rasen, man kann erkennen, dass hier schon des Öfteren Löcher in dieser Größe gegraben wurden. Und sie wurden wieder zugeschüttet.

Ich greife Ksjuscha am Arm. „Wir müssen hier sofort weg!“

„Warst du denn schon am Berg?“

„Nein, war ich nicht. Das ist jetzt aber auch egal, hier stimmt etwas nicht. Ich habe gerade einen Mord beobachtet und wir stehen hier wohl auf einem Friedhof ohne Grabsteine. Wir müssen verschwinden!“

Ksjuscha guckt sich um. „Diese beiden Löcher dort. Sind das frische Gräber?“

„Es ist egal, lass uns einfach schnell verschwinden. Komm, ist das der Weg, den du gekommen bist?“

„Ja, wir sind am Waldrand, es ist nicht weit.“

„Dann los, ich erkläre dir das später.“

Gott, was ist das hier für ein Ort? Gerade habe ich mir noch nichts sehnlicher gewünscht, als Ksjuscha wiederzusehen, aber jetzt? Hier? Um Gottes willen, hoffentlich ist das hier alles gleich vorbei.

Kurz bevor wir die Lichtung verlassen, stolpert Ksjuscha über eine Wurzel und stürzt. Ich versuche ihr aufzuhelfen, aber es ist, als habe sich die Wurzel um ihren Knöchel gewickelt. Ich packe die Wurzel und versuche sie aus dem Boden zu ziehen.

„Andeij! Was ist hier los?"

„Ich habe keine ..."

Plötzlich zieht mich etwas an den Schultern. Es reißt mich von Ksjuscha weg. Ich sehe an mir hinunter. Wurzeln, Äste und Gräser schlängeln sich um mich herum und halten mich fest. Sie umklammern mich, bis ich mich nicht mehr bewegen kann. Sie winden sich um meinen Kopf und drehen ihn zu Ksjuscha.

Sie schreit in Todesangst. Die Pflanzen umwickeln ihre Füße und ihre Hände und pressen sie flach auf den Boden.

„Andreij! Andreij! Hilf mir!"

Ich spanne alle meine Muskeln an und versuche mit aller Macht, mich von den Pflanzen loszureißen, aber es hilft nichts. Ich bin wie eine Fliege im Netz.

Einer der Äste schlängelt sich an Ksjuschas Bein hoch und verschwindet in ihrem Schritt. Sie schreit, brüllt.

Der Wald vergewaltigt Ksjuscha und zwingt mich dabei zuzusehen! Das ist mehr, als ich verkraften kann. Mein ganzes verkorkstes Leben zieht an mir vorbei. Alles dreht sich, ihre Schreie werden lauter und lauter und mischen sich in meinem Kopf zu einem konstanten Ton aus Grauen, Abscheu und Verzweiflung.

Auf einmal reißen die Äste Ksjuscha hoch in die Luft, schleudern sie in das Loch, in dem ich gefangen war, und kippen es mit Erde zu.

Ein Ast erhebt sich vor mir wie eine Cobra, weicht zurück und schlägt mir mit voller Wucht gegen den Kopf.

Ich spüre keinen Schmerz. Alles wird einfach nur schwarz. Schwarz und stumm. Keine Schreie, keine Mörder, keine Monster. Nichts ist da. Ich kann noch klar denken, habe aber scheinbar keinen Körper mehr. Nichts hat mehr einen Körper. Ich versuche, mich auf einen meiner Sinne zu konzentrieren, aber keiner meldet sich. Vielleicht bin ich tot? Oh Gott, ich wünschte ich wäre tot ...

Ich kann meine Augen wieder aufmachen und die Schmerzen sind auch wieder da. Es ist dunkel. Es ist Nacht. Ich liege auf dem Boden und kann das Gras riechen. Millionen Sterne funkeln am Himmel. Ich richte mich auf und werde wieder erschlagen, diesmal allerdings nicht physisch.

Der Berg! Ich bin direkt vor dem Berg! Ich bräuchte nur meinen Arm auszustrecken um ihn zu berühren.

Lida! Ksjuscha! Mord! Vergewaltigung! Gerade noch am Waldrand bei Tag und jetzt schon am Berg bei Nacht! Alles dreht sich. Ich muss mich übergeben.

Warum ich? Welcher grausame Gott lässt einen Mann immer wieder machtlos in Situationen geraten, in denen Frauen solch schreckliche Sachen passieren! Soll das alles ein riesiger Witz sein? Wer kann denn darüber lachen? Eine Vergewaltigung hat mein Leben zerstört! Reicht das denn nicht für einen Menschen?

Ein Albtraum. Es gibt keine andere Möglichkeit. Das alles hier ist ein Albtraum. Aber aufwachen werde ich wohl nicht so schnell. Die einzige Möglichkeit ist wohl, diesen Albtraum zu Ende zu träumen. Wie in einem Film. Jede Geschichte, wie schrecklich sie auch ist, ist vorbei nach dem großen Finale.

Also los! Ich bin ein Schriftsteller auf Recherche. Ich suche und finde Antworten. Die Antwort liegt direkt vor mir. Wenn es hell wird und der Berg seine rote Farbe annimmt, werde ich die Antwort kennen und die Geschichte wird vorbei sein. Das Ende des Albtraums.

Ich krame das Schreibzeug aus dem Rucksack und klemme mir die Taschenlampe zwischen die Zähne. Die Aufzeichnungen, die Beschreibungen von Ksjuscha, der Füller. Alles ist noch da. Wie war das noch? Ich schreibe und dann geht es mir wieder blendend? Na schön. Spiele ich das Spiel halt mit!

Der Füller leistet auch jetzt hervorragende Dienste. Ich strenge mich an, keine Emotionen aufkommen zu lassen, während ich niederschreibe, wie Ksjuscha vergewaltigt und anschließend lebendig begraben wird. Es ist doch alles nur ein Traum! Je mehr ich schreibe, desto mehr begreife ich, wie unmöglich das alles ist. Und wenn es unmöglich ist, dann muss es ein Traum sein.

Wie soll dieser Irrsinn bloß enden? Ich suche die Felsen mit der Taschenlampe ab. Nichts Besonderes, eine Felswand, nicht spannend oder bedrohlich. Doch als ich einige Meter weiter suche, entdecke ich es: eine Strickleiter! Na also! Ich dachte schon, ich müsste hier einfach auf den Sonnenaufgang warten!

Fest entschlossen klettere ich die Strickleiter hoch.

Ich muss wirklich lange bewusstlos gewesen sein. Ich klettere die Leiter empor wie ein Athlet und finde es nicht mal so anstrengend wie aufregend! Ich weiß, dass der Schrecken mir noch in den Knochen sitzen sollte, aber würde mir das jetzt helfen? Nein! Helfen wird mir nur die Antwort auf das alles – und die ist mit Sicherheit dort oben!

Ich klettere schon eine ganze Weile und zwinge mich dazu, nicht nach unten zu sehen. Immer nur nach oben. Vorwärts. An einem Felsvorsprung hört die Leiter auf. Vorsichtig strecke ich meinen Kopf über den Rand um zu sehen, was mich dort erwartet.

Licht! Ein großes Feuer ist das Erste, was ich sehe. Nur einen Steinwurf entfernt. Menschen! Um das Feuer herum sitzen Menschen! Es müssen Dutzende sein. Vorsichtig klettere ich auf die Ebene und gehe geduckt, um nicht bemerkt zu werden. Ich verstecke mich hinter einem Felsbrocken, um mir die Anwesenden unbeobachtet ansehen zu können.

Alle sitzen stumm um das Feuer und rühren sich nicht. Ich kann nicht das geringste Geräusch hören außer dem Knacken des Feuerholzes. Ich kann ohne Brille keine Details erkennen, sehe die Gesichter nur unscharf. Die Kleider der Menschen sind seltsam. Sie scheinen aus unterschiedlichen Epochen zu stammen. Da sehe ich einen Mann in Bauernkluft, wie man sie heutzutage höchstens in historischen Filmen sieht, dort sitzt ein junger Bursche in Jeans. Manche Frauen sehen aus, als hätten sie sich nur einen Kartoffelsack übergestülpt, andere tragen modische Kleider.

Aus den Gestalten werde ich nicht schlau, aber hinter ihnen, da sehe ich etwas, was mich wirklich interessiert. Noch eine Strickleiter! Diesmal sieht man, dass sie tatsächlich bis zur Spitze des Berges reicht.

Wenn ich auf allen vieren um das Feuer herumkrieche und im Schatten bleibe, hätte ich eine Chance, unbemerkt zur Leiter zu gelangen. Was bleibt mir anderes übrig? Ich schnalle den Rucksack enger, damit er nicht klappert, binde meine Schnürsenkel fester zu und krieche los.

Alles scheint perfekt zu laufen, keiner bemerkt mich. Mein Herz rast vor Spannung und ich erhöhe mein Tempo. Das war ein Fehler! Ich rutsche auf etwas aus, das sich wie Moos anfühlt und lande mit dem Gesicht im Dreck. Einige Gestalten drehen sich um.

„He!“, schreit jemand. „Lida! Nikolai! Da ist ja euer Freund! Wer hätte das gedacht!“

Zwei Gestalten erheben sich. In einer von ihnen kann ich Lida erkennen. Aber sie hat keine Arme! Die andere Gestalt ist von derselben Statur wie Nikolai, aber sie hat keinen Kopf!

„Andreij! Du Held! Siehst zu, wie ich ermordet werde, und rennst weg wie ein kleines Mädchen! Na warte, ich zeig’s dir!“

Ihre Stimme! Sie ist wie Fingernägel auf einer Schultafel. Jeder Ton schmerzt.

„Komm, Nikolai, hilf mir! Ohne Arme werde ich ihn schlecht fangen können.“

Der kopflose Nikolai dreht sich zu Lida, packt ihren Kopf, reißt ihn ab, setzt ihn auf seinen Hals wie einen Hut und renkt ihn zurecht. Ein lautes Knacken ist zu hören.

„Ah! Viel besser!“, grunzt die groteske Gestalt. „Jetzt bist du dran!“

Nun ist die Hölle los! Alle feuern die Bestie an und ich stehe da wie festgewachsen! Erst als das Scheusal losrennt, komme ich wieder zur Besinnung und sprinte auf die Leiter zu.

Ich habe Glück, das Monster ist langsamer als ich, und ich erreiche unversehrt die Leiter. Während ich hochklettere, höre ich die Meute, ihre Schritte, ihre Rufe.

Plötzlich packt etwas meinen Fuß! Ich schaue nach unten und sehe, wie sich die Zähne des Monstrums in mein Bein bohren. Der Schmerz ist unbeschreiblich. Ich schüttele mein Bein und schaffe es, mich von Nikolais Griff zu lösen. Nikolais Körper fällt von er Leiter, aber Lidas Kopf hat sich in mein Bein verbissen.

„Fackelt die Leiter ab!“, höre ich von unten.

Und tatsächlich – ich spüre, wie es immer wärmer wird. Ich versuche, Lidas Kopf von meinem Bein loszureißen. Es hilft nichts, ich füge mir nur selber Schmerzen zu.

Das Feuer kommt immer näher. Da kommt mir eine Idee. Ich klettere ein paar Stufen hinunter, bis das Feuer direkt unter mir ist und halte Lidas Haare in die Flamme. Augenblicklich brennt der ganze Kopf. Ich nehme alle Kräfte zusammen und trete den Kopf gegen die Felswand. Der Schädel bricht und mit ihm das Gebiss. Ich bin frei! Wie ein Besessener klettere ich die Leiter hoch. Die Schreie werden leiser und leiser, bis sie endlich verstummen. Geschafft!

Noch während ich die letzten Sprossen erklimme, fängt es an zu dämmern. Bald ist es so weit, die Sonne kommt raus und ich werde sehen, was hier los ist. Endlich wede ich meine Antwort kriegen.

Ich hieve mich auf die Spitze des Berges und falle in den Staub. Ich kann kaum atmen und mir ist unglaublich schlecht. Mein Kopf brummt wie nach zehn durchzechten Nächten. Mein Bein blutet, wahrscheinlich ist es infiziert. Was soll’s, gleich ist es vorbei. Nur noch ein paar Minuten.

Klatschen. Ich höre Klatschen. Als würde mir jemand applaudieren. Ich will meinen Kopf drehen, bin aber wie gelähmt. Dann ein Lachen. Lautes, herzhaftes Lachen. Ich kenne dieses Lachen!

„Bravo! Bravo, Andreij!“

Kirill! Es ist eindeutig seine Stimme!

„Wie schön, dass du es geschafft hast! Jetzt kriegst du auch deine Belohnung!“

Ich spüre einen Tritt gegen meinen Brustkorb. Ich spüre, wie meine Rippen knacken, bin aber zu müde um zu schreien, winde mich nur vor Schmerzen.

„Tut mir leid, alter Freund. Das musste sein. Wir wollen ja nicht, dass du uns hier noch unangenehm wirst!"

„Du dreckiger Bastard! Ich kann doch nicht mal mehr laufen!"

„Das musst du ja auch nicht. Keine Sorge. Gleich ist es für dich vorbei. Aber wer weiß? Vielleicht fängt es ja auch gleich erst an!"

„Lässt du mich wenigstens noch lange genug am Leben, damit ich den Sonnenaufgang sehe?"

„Du willst es also sehen? Willst den roten Mantel aus nächster Nähe spüren? Warum nicht? Eine Belohnung hast du dir nun wirklich verdient."

Wieder stößt er dieses Lachen aus. Jetzt kann ich ihn auch erkennen.

„Weißt du, Andreij, vor dir hat es nur einer bis hierhin geschafft. Weißt du wer?"

„Du wirst es mir bestimmt sagen."

„Na ja, ich glaube, du kannst es dir denken. Damals, nach dem Krieg, da dachte ich, ich hätte schon alles gesehen. Als man mir vom Berg erzählte, da brach ich noch am selben Abend auf und glaube mir, ich musste durch die schlimmsten Qualen meines Lebens. Meine verstorbene Frau hat mich durch den Wald gejagt! Ein Kleinkind, das ich im Krieg erschießen musste, kroch mit einem Messer zwischen den Zähnen aus der Erde! Aber ich war zäh, ich habe es genau wie du bis hierher geschafft."

„Was hat das alles zu bedeuten? Was ist mit diesem Berg?"

„Andreij, warte es ab. Als ich halbtot den Gipfel erreichte und die Sonne aufging, da erschien mir ein Geist. Der Berggeist. Er offenbarte mir das Geheimnis. Du hast doch die Landschaft hier gesehen, hast gesehen, wie schön sie ist. Du hast auch gesehen, was die Menschen mit der Natur anstellen, wie sie sie verunstalten. Der Berg hier, er ist die letzte Bastion der Natur. Der letzte Ort auf Erden, an dem die Natur sich dem Menschen widersetzen kann. Er ist das kleine

Messer, das Gott der Natur geschenkt hat, um gegen die Armee der Menschen zu bestehen."

„Du meinst, der Berg lebt?"

„Natürlich lebt er! Das ist ja das Besondere! Er lebt und atmet! Sein Geist speist sich aus der Lebensenergie der Menschen, die herkommen. Morgens, wenn er von der Sonne beschienen wird, saugt er ihnen die Seelen aus und stärkt sich."

„Warum bist du dann hier?"

„Der Berg brauchte einen Verbündeten unter den Menschen. Ich war der Einzige, der sich als würdig erwies. Alle anderen waren zu schwach um ihn zu bezwingen. Die meisten, die herkamen, wollten ja auch sterben. Die kamen schnell auf ihre Kosten. Aber es gibt auch jene, die einen ungebrochenen Willen haben. Leute wie dich und mich. Für die hat sich der Berg eine besondere List erdacht. Hast du den Füller noch?"

Kirill tritt mir brutal in die Seite, sodass mir der Atem wegbleibt. Er reißt mir den Rucksack vom Rücken und kramt den Füllfederhalter hervor.

„Da ist er ja! Ist er nicht wunderschön? In Wahrheit allerdings ist er nichts weiter als ein Stück Fels. Ein kleines Bruchstück des Berges selbst, das sich einfach nur in das verwandelt, was ich mir wünsche. Die ganze Zeit hast du ihn bei dir getragen. Was du nicht wusstest ist: Während du damit geschrieben hast, haben wir uns immer tiefer in deine Seele gebohrt, konnten dich immer mehr kontrollieren. Und du wirfst uns auch noch so einen schönen Knochen vor! Hast du dich mal gefragt, warum dir laufend Frauen in Not begegnen? Wir wussten um deinen seelischen Schwachpunkt noch bevor du in den Wald kamst! Vergewaltigung! Haha! Was für ein schönes Thema! Und ist dir eigentlich aufgefallen, wie gut es dir jedes Mal nach dem Schreiben ging? Wie stark und mächtig du dich gefühlt hast? Das war eine kleine Extramotivation für dich weiterzuschreiben, immer mehr, bis wir mit deinem Kopf anstellen konnten, was wir wollten."

„Dann war Ksjuscha nicht real?"

„Na ja, sie war so real wie du sie mit dem Füller beschrieben hast. Das hätte ja eigentlich reichen sollen!"

„Und was ist mit Lida und ihrem Mann?"

„Die sollten dich noch ein wenig mehr zum Schreiben motivieren. Dein Gedanke mit dem Bauerntheater, das was gar nicht mal so dumm. Das waren übrigens auch starke Menschen. Früher, vor ihrem Tod. Mit denen haben wir auch gespielt. Von mir bekam Lida ihre wunderschöne Krücke! Was sie nicht wusste, war, dass die Krücke ihre Arme langsam sterben ließ. Erst den einen, dann den anderen. Ohne Arme und mit nur einem gesunden Bein konnte sie dann leider nicht lange überleben. Ihr Mann, Nikolai. Dem habe ich ein schönes Jagdmesser geschenkt! Der hat dann so lange all seine Ängste erstochen, bis er es nicht mehr aushielt und sich damit selbst köpfte."

„Was geschieht mit den Toten hier?"

„Sie bleiben hier. Sie bleiben hier und dienen bis an das Ende aller Tage mir und dem Berg. Das ist übrigens auch dein Schicksal. Du wirst einen schönen Sklaven abgeben!" Kirill lässt wieder sein Lachen ertönen. „Ich freue mich schon richtig auf die Zeit mit dir, Andreij! Und wir werden eine Menge Zeit haben!"

Er wirft den Füller und meinen Block vor mir auf den Boden. „Hier, alter Freund! Gleich geht es los! Willst du nicht noch schreiben, wie schön der rote Berg aus nächster Nähe ist? Ein paar letzte Zeilen in der Welt der Lebenden?"

Kirill steht am Bergrand und blickt in die Ferne.

„Siehst du es? Dort geht gleich die Sonne auf! Genieße es, Andreij, es ist das Letzte, was du sehen wirst, obwohl, wenn du tot bist, wirst du ja hier bleiben. Dann siehst du es noch öfter. Aber das erste Mal! Ach, könnte ich das doch immer wieder zum ersten Mal erleben!"

Ich taste nach dem Füller. Kaum zu glauben, dass es eigentlich nur ein Stück Stein ist. Kaum habe ich das gedacht, nimmt der Füller seine ursprüngliche Form an! Es ist jetzt wirklich nur ein Stück rötliches Gestein. – Aber natürlich! Der Berg verändert das Gestein für Kirill, weil er sich als würdig erwiesen hat. Er hat den Berg bestiegen. Aber ich, ich habe den Berg auch bestiegen!

Ich schließe meine Augen und wünsche mir eine doppelläufige Schrotflinte.

Ein Schuss. Kirill fällt zu Boden, an den Rand des Gipfels. Ein zweiter Schuss befördert ihn in den Abgrund. Ob der Berg ihm auch Unsterblichkeit versprochen hat?

Die ersten Sonnenstrahlen erhellen den Horizont. Als das Licht den Berg berührt, färbt sich das Gestein. Es färbt sich nicht nur, es scheint die Strahlen zu absorbieren und sie in pure Schönheit umzuwandeln. Es wird nicht kalt, so wie man es mir gesagt hatte, es wird warm. Damit meine ich nicht die bloße Wärme der Sonne oder die Wärme einer Heizung. Es wird so warm wie einem warm wird, wenn man zum ersten Mal ein Mädchen küsst. Eine unendliche Geborgenheit, als wäre man ein Foetus im Schoße seiner Mutter. Die rote Farbe, die man von weitem wahrnimmt, färbt hier auf dem Berg das Licht. Sie füllt die Luft. Es ist wie eine blutrote Umarmung. Die Stille, die hier oben herrscht, ist keine Stille mehr, sie ist viel eher das erhabenste Geräusch des Universums. Durchtränkt von Anmut, Liebe und Frieden.

Ich bleibe stundenlang dort sitzen. Nach kurzer Zeit schon spüre ich meine Wunden nicht mehr, fühle mich wie neu geboren. Ich muss an meinen Vater denken und den Spruch, den ich so sehr hasse. Schon wieder habe ich ihn widerlegt. Dies ist die schönste Antwort aller Antworten. Die Frage macht den Menschen Angst, aber die Antwort, die Antwort ist die Liebe selbst. Aber haben die Menschen diese Antwort verdient? Diese raffgierigen, dummen und einfältigen Bastarde? Haben sie es wirklich verdient, die Wahrheit jemals zu erfahren? Mein Leben habe ich denen gewidmet. Wollte sie klüger machen und gerechter. Wie haben sie es mir gedankt? Mit einem Hungerlohn! Oh nein – die Menschen haben das hier nicht verdient! Diese Schönheit wäre viel zu viel für sie. Und mich haben sie auch nicht verdient. Was soll ich unter ihnen? Ich habe alles was ich brauche hier. Das hier bleibt meine Antwort. Mein Frieden. Mein Berg.

Über die Autoren

Nicole Dallinger wurde 1978 im Hausruckviertel (Oberösterreich) geboren. Sie wuchs in der Nähe von Grieskirchen auf, wo sie als kaufmännische Angestellte arbeitet und mit ihrem Mann lebt. Schon als Kind fühlte sie sich magisch angezogen vom geschriebenen Wort und verfasste viele Geschichten. Der Sommer 2007 inspirierte sie, mit dem Schreiben neu zu beginnen. Die Natur und das Malen sind neben dem Schreiben ihre Erfüllung. Ihr Gedicht „Land der Träume" wurde 2008 in der Anthologie „Herzschmerz" vom Verlag Community And More veröffentlicht. Ihre Geschichte „Der Glaube an das Christkind" (Weihnachtsgeschichten Band 3) ist 2008 im Dr. Ronald Henss Verlag erschienen.

Nina Ladique geboren 1963 in Hamburg, lebte lange in Schleswig-Holstein und Hamburg, seit sieben Jahren in der Nähe von Regensburg. Sie arbeitet als kaufmännische Angestellte in einem internationalen Unternehmen und leitet dort die Exportabteilung. In Bayern vermisst sie die See, Dünen, Leuchttürme und Möwen, schätzt aber sehr die Biergärten unter Kastanien sowie die südliche Lebensart. Sie ist verheiratet und las schon als Kind gern „Erwachsenenbücher". Besonders liebt sie Psychothriller und schreibt gern selbst Geschichten über psychisch grenzwertig agierende Protagonisten. Mit dem Schreiben begann sie Anfang 2008, veröffentlicht inzwischen in verschiedenen Anthologien. In unserem Verlag erschien ihre Geschichte „Linus' Flöte" in „Weihnachtsgeschichten Band 3".

Barbara Naziri stammt aus einer multikulturellen Familie. Sie lebt glücklich als Doppelstaatsbürgerin mit ihrem Mann und ihren Kindern, die bereits flügge sind, in Hamburg. Gedichte und Geschichten, die sich mit unterschiedlichen Kulturen auseinandersetzen, schrieb sie bereits als Kind, u.a. auch ein Theaterstück, das ihre Schule aufführte. Seit ihrer Jugend setzte sie sich mit den gesellschaftlichen und politischen Abläufen im Iran auseinander und studierte ein paar Semester Iranistik. Sie war Mitbegründerin des Hamburger Flüchtlingsrats, ebenso des deutsch-ausländischen Kulturvereins AGDAZ. Zur Zeit der Iranischen Revolution betreute sie Asylanten. Daraus entstanden die Bücher „Der Granatapfelbaum“ sowie „Leben im Kalten Paradies“, die sie unter dem Namen Maryam Djoun veröffentlichte. Menschenwürde ist für sie ein Anliegen. Wäre sie eine Pflanze, würde sie sich so beschreiben: jiddische Wurzeln in persischer Erde mit Blütestandort Norddeutschland.

Markus Gregory Pärm Jahrgang 1969, arbeitet als freier Grafiker für Werbeagenturen in Österreich. Literarische Veröffentlichungen in den Genres Erotik, Krimi, Fantasy, Horror, Lyrik. MGP belegte den 2. Platz im Kurzgeschichtenwettbewerb „Echte Liebesgeschichten gehen nie zu Ende“ bei www.jalicano.de. Zurzeit arbeitet er an der Realisierung eines Krimi-Projekts in seiner Heimat, der Attersee-Gegend im Salzkammergut in Österreich. Einige Veröffentlichungen: „Höhlische Geschichten“, WDS-Verlag; „Haiku – Erotische Kurzgedichte“ (Texte und Illustrationen), Tordenfjord-Verlag.

Christian Poignée wurde 1973 in Rheinland-Pfalz geboren und ist über diverse Umwege schließlich in Schleswig-Holstein gelandet. Dort fühlt er sich mittlerweile als echtes Nordlicht. Er schreibt seit der 3. Klasse und konnte bisher eine Kurzgeschichte in der Anthologie „... mir graut vor Dir“ veröffentlichen. Weitere sollen folgen. Der Schwerpunkt seiner Kurzgeschichten liegt im Horrorgenre.

Madeleine Puljic wurde 1986 in Steyr, Oberösterreich geboren, absolvierte eine künstlerische und informationstechnische Ausbildung in Wien und lebt derzeit in Eisenstadt, Burgenland. Sie liebt das Seltsame, Nachdenkliche und Schaurige.

Carmen Rodrigues lebt im schönen Bruchsal in Baden-Württemberg. Sie ist verheiratet und hat 3 Kinder. Das Licht der Welt erblickte sie im August 1977, und seit sie ein junges Mädchen war, schreibt sie mit Hingabe Gedichte und kleinere Geschichten. Das Schreiben und Bücher im Allgemeinen sind ihre große Leidenschaft. Sie liest und schreibt vorwiegend im Bereich Horror und Grusel, Mystery und Fantasy.

Santyana Jahrgang 1963, liebt phantastische Geschichten und schreibt aus diesem Grund solche. Geboren in der Industriestadt Ludwigshafen am Rhein verlief ihr Leben nur selten geradlinig. Sie arbeitete lange Jahre im Handwerk, bis sie aufgrund einer schweren Erkrankung sich neu orientieren und einen anderen Berufsweg einschlagen musste. Sie hofft, mit noch vielen weiteren Geschichten den Leser unterhalten zu können.

Thomas Sedlmeyr wurde 1978 in Friedberg/Bayern geboren und studierte Germanistik, Volkskunde und Geschichte an der Universität Augsburg. Fährt gerne Rad, liest, geht spazieren und frönt dem geselligen Kartenspiel. Momentan arbeitet er an diversen Projekten und wünscht sich mehr Zeit zum Schreiben.

Claudia Sperlich Jahrgang 1962, Berlinerin mit Auslandserfahrung (Paris, Münster, Bochum), arbeitet als Rezitatorin mit einem besonderen Faible für Literaturen des 19. Jahrhunderts, übersetzt aus dem Englischen, Französischen und Lateinischen (letzteres ist ihr „die schönste Sprache der Welt“) und schreibt Gedichte und Geschichten. Sie hält sich für geringfügig weniger verrückt als ihre Figuren, ohne darüber letzte Sicherheit zu behaupten. Veröffentlichungen in einigen Anthologien, davon im Dr. Ronald Henss Verlag: „Hundert haarige Limericks“, „Weihnachtsgeschichten Band 3“.

Jörg Sprave Jahrgang 1965, wohnt mit seiner Familie in Hagen/Westfalen. Nach dem Studium der Wirtschaftswissenschaften in Dortmund und Paderborn beschäftigte er sich beruflich mit High Tech. Heute ist er Vorstand einer mittelständischen Aktiengesellschaft (Tätigkeitsfeld: Digitale Videotechnik). Nach etlichen Veröffentlichungen in Fachmagazinen begann er vor einigen Jahren mit dem Schreiben von Kurzgeschichten. Seine Interessensgebiete sind vor allem die Evolutionslehre und Startup-Up-Ideen, und so beschäftigen sich einige seiner Storys auch mit diesen Themen. Sein Beitrag zur vorliegenden Anthologie ist seine erste Geschichte im Horror-Genre.

Thomas Stefan geboren 1954, lebt mit seiner Frau und zwei Kindern in Wilhelmshaven, ist Arzt und führt seit über 20 Jahren eine Praxis. Nachdem er als Jugendlicher bereits SF-Storys schrieb, begann er durch einen Zufall (Fügung?) 2007 wieder mit dem Schreiben. Sein Interesse gilt fantastischen und absurden Kurzgeschichten.

Alekseij Upatov wurde 1987 auf einem Flug von China nach Russland geboren und wäre somit eigentlich gebürtiger Mongole, die Papiere gab es dann zum Glück erst in Omsk. Nach zahlreichen Umzügen durch etliche Städte, Länder und Kontinente landete er in Oldenburg, wo er nach einer schrecklichen Lektüre im Schulunterricht beschloss, es doch lieber selber mit dem Schreiben zu versuchen, statt es anderen zu überlassen. Sein erstes Buch hat er fast fertig geschrieben, aber wer hat das eigentlich nicht? Durch die Site myspace.com/swansandratsandcobrasandswansandratsandcobras veröffentlicht er Musik, von der er eigentlich dachte, dass niemand außer ihm sie mögen würde. Wegen des Zivildienstes lebt der inzwischen in „Alex“ eingedeutschte Alekseij in Hannover und treibt sich auch hier bereits auf einigen Bühnen rum, unter anderem mit der Band „Skaramboulage“. Was kommt ist ungewiss, aber das ist auch gut so.

Pol Urbany wurde 1988 in Düdelingen geboren und lebt auch heute noch in dieser Stadt im Süden Luxemburgs. Er spielt leidenschaftlich Videospiele und liest für sein Leben gern Comics. Er besucht eine Kunstschule mit Spezialisierung auf Filmtechnik. In der

Grundschule war seine Lieblingsaufgabe das Schreiben von Aufsätzen, mit denen er seine Mitschüler und Lehrer des Öfteren gleichermaßen beeindruckte wie schockierte. Später gewöhnte er sich an, in seiner Freizeit Geschichten zu schreiben. Er liebt das Außergewöhnliche und den verrückten Aspekt am Schreiben. Am liebsten schreibt er Geschichten, die die Menschen zum Lachen bringen. Aber gerne auch mal ernstere Sachen.

Buchtipp
Karin Reddemann: Gottes kalte Gabe

Ein totes Mädchen geistert über nächtliche Gräber, Vaters stille Brüder kommen einer nach dem anderen auf seltsame Weise ums Leben und ein junger Mörder weint des Nachts bitterlich in seine Kissen. Unheimlich? Ja, aber auch wunderbar unterhaltsam. Und ein bisschen süchtig machend. Ist die eine Erzählung zu Ende, lechzt man nach der nächsten. … „Gottes kalte Gabe" … Ein trefflicher Titel für einen Reigen mystischer, düsterer und melancholischer, immer hochliterarischer Geschichten. Karin Reddemann … entwickelt mit einem ausgefeilten Sprachgefühl kleine mysteriöse Welten, in denen es sowohl gruselig und unheimlich zugeht als auch ironischwitzig und ein wenig erotisch. Und fast immer raffiniert überraschend.

WESTDEUTSCHE ALLGEMEINE ZEITUNG, 17. Oktober 2006

Karin Reddemann

Gottes kalte Gabe

Dr. Ronald Henss Verlag

ISBN 978-3-9809339-3-6

Gottfried
Johannes
Müller
Einbruch ins
verschlossene
Kurdistan

Der Mann,
der vergewaltigt
wurde
und andere Geschichten

Plötzlich
sah die Welt
ganz anders aus
Schlüsselerlebnisse
Edition www.online-roman.de

Patricia Koelle
Die Füße
der Sterne

Hundert
haarige
Limericks

Abenteuer
im
Frisiersalon

Afrika
Band 1
Edition www.online-roman.de

Patricia Koelle
Der
Weihnachtswind

WEIHNACHTS-
GESCHICHTEN